毎日、まともに
傷ついていられない
##あなた##へ。

児玉雨子

獻給每一天都無法好好受傷的「##你##」。

未命名

##NAME##

兒玉雨子

王華懋—譯

繁體中文版序

我無法苛責那些在遭遇困境時選擇沉默的人

動筆當初——不，就連本書在日本出版了一段時間後，我依然每天都處在搖擺之中：是不是應該讓雪那和美砂乃就那樣悄悄地深藏在我的腦袋裡就好了？安眠藥開始發揮藥效的深夜，我裹在毯子裡，年幼的雪那和美砂乃被許多人團團包圍的畫面在腦海中忽隱忽現。那些人圍繞著她們，七嘴八舌地說「真可憐、真可憐」，從字面來看，似乎對兩人無比關切，然而臉上的神情卻難掩興奮。

看哪，這裡有世間罕見的不幸！複雜的事情我不懂，總之這裡有可憐人，大家一起來看吧！——他們的眼神透露出這樣的心思。安眠藥會為我強勢融解這樣的想像，讓我遺忘個一晚，但幾個小時、十幾個小時後，同樣的畫面再次從腦中橫溢而出，淹沒了我的夜晚。

受害者之所以會選擇沉默，當然是被純粹的惡意所逼迫，但或許也是因為害怕這樣的圍觀。因此我無法苛責那些在遭遇困境時選擇沉默的人，或明明痛苦不堪卻故作沒事傻笑的人。用不著說，若是每個人都能在當下鼓起全副勇氣對抗，那就再也沒有比這更棒的事了，然而這世上到底有幾個人能夠一出世就立刻收住哭聲，靠自己的力量站起來？我們應該都是依靠身邊的人哺育、以只屬於自己的名字被呼喚、學會說話，然後才慢慢站起來的。

他們所遭遇的問題，是整個日本都避談他們的名字，持續視而不見那些責任與受害，結果讓這群受害者徹底遭到遺忘。我身為受害者之一，卻因為從二十多歲開始就在日本的偶像音樂產業書寫歌詞（儘管地位無足輕重），等於是以極溫和的方式成了幫兇，這讓我深深自省。乾脆當作一切都不曾發生過，不要再揭開瘡疤，是不是比較好？當事人讀到，會不會又再次觸發心傷？這樣的擔憂，讓我幾度後悔寫下了這部作品。

然而臺灣的讀者像這樣找到了雪那和美砂乃。讀者們為被推入幽蔽暗處的她們，打開了通往寬闊世界的一道門。她們兩人說著：「我們走吧。」再次牽起了我的手，準備奔出外面的世界。

即便有那麼一刻，我想要將她們封印在黑暗的世界裡，雪那和美砂乃依然帶我走出了外面的世界。為她們打造這扇門的不是別人，就是讀者。我真的萬分感謝。

我在二〇一九年去過一次臺北和九份。可惜那趟旅程實在太短暫了，難以充分體驗總是既新穎又緻密豐饒的臺灣文化。最近我迷上了樂團落日飛車，也喜歡臺灣歌手楊丞琳和蔡依林的歌曲。只要回想起鐵觀音的茶香，每天緊繃的情緒就能獲得舒緩。我一定會在近期再次造訪臺灣。

兒玉雨子

##NAME##

Kodama Ameko

二〇〇六年　七月

家庭攝影工作室二樓的房間裡，美砂乃把胸貼遞給我，問：「欸欸，妳知道梯形的面積公式嗎？」因為才剛學到，我背出上底加下底乘高除以二，美砂乃瞪圓了眼距有些寬的一雙大眼驚呼：「妳怎麼知道?!」補習班學的啊，我應著，撕下胸貼的背膠，伸進T恤裡貼在乳尖上。

「我還以為大家都不知道。」

「美砂乃妳也去補習了嗎？」

「沒有，粉絲在信裡問的。可是說真的，就算看幾百遍也背不起來，要是Setsuna妳問我，我就要出糗了。我一定沒辦法像Setsuna剛才那樣馬上背出來。別說馬上了，搞不好早就忘光了。因為美砂乃很笨嘛。」

因為美砂乃很笨嘛——這是美砂乃最近的口頭禪。寶特瓶瓶蓋太緊轉不開時，她也這樣說，我說這跟笨不笨無關吧？美砂乃卻連對此都回應：「好啦好啦，這真的很難開啦。因為美砂乃很笨嘛。」

「呃，可是我沒自信對不對。補習班老師說這是應用問題，所以我也覺得不用太認真，隨便背一背而已。」

我連忙辯解，這不是顧慮美砂乃的感受，而是搞不好我真的記錯了。美砂乃說自己笨，似乎把我看得超級聰明，但我去的國中入學考專門補習班裡，我被編在程度最差的一班，而且課業也跟得很吃力。我念咒似的說出的那串公式，音義分家，與其說是咒語，更應該稱為空殼。這是我第一次遇到沒有答案可以對的問題，結果也不曉得對不對，只剩下那串空殼落在我和美砂乃的腳邊。

我不想換衣服，緊握住腿上的學校泳衣和膚色底褲。不過今天的泳衣是深藍色的，和學校穿的款式很像，我稍稍放下心來。美砂乃一邊說話，早已大方地褪下便服，解開形似比基尼的三角形運動胸罩。視野一隅瞥見美砂乃似乎脫成了全裸，我反射性地低頭不去看她的身體，結果美砂乃伸頭過來看我，說「快點換衣服啦」。美砂乃穿好膚色底褲，貼上胸貼，修長的一腳正穿過淡粉紅色的貼身舞衣。我們個別換上泳衣和舞衣，上面再套上短袖制服。美砂乃那套白底沒有領結的水手服，款式和我第一志願國中的制服有點像。我的是襯衫配裙子，衣領下別著質地光亮的紅色緞面蝴蝶結。

我們一起從休息室走下一樓，頭形像蠶豆、頂著運動員大平頭、身材富態的狹山先生瞇眼稱讚我倆：「喔，很準時喔，五分鐘前就準備好了。」狹山先生永遠一身長袖襯衫，搭上和西裝褲同色的背心，季節感的差異，就只有袖子捲起或別上袖扣而已。攝影工作室裡開著空調，但外頭也許很熱，狹山先生捲起袖子，抓著裝資料的透明檔案夾在搧脖子。

攝影工作室一片寬闊草皮的陽臺上，擺著一個充氣游泳池。不是一般家庭那種裝兩個小孩就塞滿的圓形泳池，而是感覺會出現在美國的大房子裡，泡進五個人都還綽綽有餘的長方形大泳池。美砂乃開心地邊說「今天要在游泳池拍嗎？」邊跑向陽臺，後方傳來女人低沉的嗓音：「美砂乃，頭髮！」是麻美小姐。麻美小姐的體型是不同於美砂乃的另一種瘦，骨盤外擴，形似沙漏，只見她拿著超硬定型噴霧和尖尾梳穿過我旁邊追上美砂乃。

攝影工作室裡，每個房間都充斥著髮型噴霧劑的臭味。

原本預定讓一家人圍桌吃飯而設計的飯廳牆上，用膠帶貼著布滿摺痕的行程表。可能是從某人的口袋或皮包裡直接拿出來，就這麼拿來貼了。白天的攝影課是我和美砂乃，下午三點，Rino和Yuri會進工作室，做好造型後，下午四點半開始攝影。陽臺那裡，狹山先生拉開嗓門說：「直接從美砂乃開始！」可能是在對我說，所以我姑且應了聲好——離開飯廳，坐在客廳沙發上看陽臺。陽臺那裡，美砂乃說請多指教——大人們的聲音零零星星重疊上去，請多指教——

美砂乃穿著水手服踩進大塑膠泳池裡，擺出各種動作，表情也隨之變化萬千。美砂乃不管是姿勢還是表情都很豐富，似乎能將它們全部運用自如。我的笑容只有兩種至多三種，每次在攝影課或攝影會飽受快門聲和閃光燈沖刷之後，回家的電車上，酒窩的附近總是會痙攣抽筋。

美砂乃的右腳踢高到將近一百八十度，靈巧地踹起水花，卻不潑到攝影機。矮胖的光頭攝影師抓緊機會蹲身，從下方角度過近地拍攝美砂乃。美砂乃沒學過芭蕾舞或新式體操，身體卻宛如橡膠一樣柔軟，可以像那樣抬起或打開修長白皙的腿，身輕如燕。每次動作，綁成雙邊公主頭後用電捲棒燙捲再噴上超硬噴霧定型的髮束就像緞帶般飛舞。我喜歡看美砂乃像這樣自由自在地舞動自己的身體，因為那全都是我做不到的事。我平常手腳就夠僵硬了，面對鏡頭，更彷彿成了忘記上油的鐵製玩具，全身關節都在吱嘎作響。這是練習課所以還好，正式上場可不能這樣，要是通過試鏡，會有練習課完全無法比較的大——量人力參與其中，所以妳們得快點習慣才行。上個月的攝影課結束後狹山先生說的話不停地在腦海盤旋。不只是自己的身體，美砂乃也很擅長讓年紀不光大她一倍的長輩們為她奔波，像是照明人員、麻美小姐、還有今天不在的麻美小姐的助手、狹山先生、社長那些。

好，差不多要上囉。攝影師涎笑著說，於是美砂乃在鏡頭前解開裙頭的鉤子，拉下拉鍊。這一刻，快門聲也響個不停，就像要把空氣剁成一片片。美砂乃把裙子拋到敞開的客廳落地窗裡，免得弄溼。麻美小姐撿起落地的裙子，掛到不曉得從哪裡拿來的衣架上。美砂乃以下半身只剩貼身舞衣的狀態，又搔首弄姿了一陣。接著她再次接到指示，豪邁地褪下水手服，一樣拋進落地窗裡。

狹山先生笑道，很熱呢，把一支冰棒遞給全身只剩下一件舞衣的美砂乃。「耶──！」美砂乃發出比看到泳池的時候更開心的歡呼，含住白色冰棒。這段期間，快門聲也不絕於耳。

攝影工作室總是很乾燥。我從隨身包裡取出學校游泳課用的眼藥水點上，麻美小姐慢慢地走過來，叫我輕輕閉上眼睛，從掛在腰間的黑色化妝包裡掏出棉花棒，輕拭被眼藥水沾溼的眼皮。

我讓麻美小姐整理妝容，喃喃說「抱歉」。「別動就好了。」麻美小姐表情不變，只掀動嘴唇說。

回家的電車上，我在車門附近把馬尾的髮繩拉鬆到不至於散開的程度，太陽穴和髮際一帶舒服了一些。攝影的時候，用的不是我平常使用的環狀髮圈，而是以線狀髮繩一圈又一圈纏繞，名副其實地勒住頭髮，上面再別上彩球等髮飾。這是我加入事務所之後才知道的綁髮技巧。

車廂裡的空調風吹在美砂乃綁成雙邊公主頭的細髮上。比白天鬆垮了一些的髮束，在那陣風中僵硬地搖晃著。美砂乃的右手拇指正用力按壓著折疊手機的鍵盤，輸入訊息。她的手機掛滿了迪士尼角色公仔和別人送的各地限定丘比娃娃吊飾。我們從惠比壽上車，就快到目黑站了。暴露在冷風中的美砂乃問著：「妳等下沒事嗎？」順手捏去黏在唇上的髮束。星期天不用補習，我按著痙攣的臉頰嗯了一聲。

美砂乃帶著我在目黑站下車。走出東口，是計程車招呼站和公車站所在的圓環，穿過那裡有家麥當勞。事務所每個星期六的舞蹈課好像是租用目黑的工作室，美砂乃似乎經常下課後來這家麥當勞，或是同一棟的花丸烏龍麵。我沒上舞蹈課，所以這是我第一次在攝影課工作室所在的惠比壽、事務所所在的澀谷及轉乘的品川以外的車站下車。

我猶豫著要點照燒豬肉堡套餐，還是點麥香雞配薯條飲料，在掌心用手指筆算金額，決定點後者。先上去二樓找位置的美砂乃，托盤裡有麥香雞、白色小紙杯裝的白開水，還有從攝影課拿回來的瓶裝維他命水。我想起迷拉庫兒的女生說，薯條一個人全部吃光會胖，便把薯條倒在鋪了紙的托盤上，和美砂乃分著吃。

美乃滋沾得像顏料的生菜咬不斷，我把整片生菜一口氣全塞進嘴裡咀嚼，美砂乃狼吞虎嚥地吃著薯條，問：「Setsuna真的就是Setsuna嗎？」什麼意思？我問，美砂乃擺出可愛的不耐煩模樣，重說了一遍：「我說，Setsuna的名字真的叫Setsuna嗎？」問題還是一樣模糊，但我聽出她想問什麼，吞下軟爛的生菜，喝了口葡萄芬達，說：「算是藝名吧。音一樣，但我的本名全部都是漢字。」其他事務所怎麼樣我不曉得，但加入迷拉庫兒大道的女生，大部分都會把名字改成表音的平假名或片假名，當成通用的藝名[1]。

簽約的時候，母親填到藝名欄，筆停了下來。「啊，嗯，很多人都用名字的平假名喔，懶得大費周章想個不一樣的名字。但還是有很多父母希望工作上的藝名不一樣，保護隱私嘛。還有讀音，嗯，雪那（Setsuna）這個名字，是不是經常被人讀錯音？」

狹山先生扭動著粗獷的眉毛，表情豐富地說。母親緊抿著上了裸色唇膏的嘴唇，下定決心地說：「那，就用Setsuna。」和狹山先生對看了一眼，以渾圓小巧的字跡在合約填入「石田Setsuna」。

我坐在會客區沙發上，呆呆地看著我的名字被決定。除了美砂乃以外，Rino和其他每個人，一定也都是這樣吧。在學校或補習班，平假名或片假名的名字特別惹眼，但是在事務所，「美砂乃」這種全是漢字的名字才罕見。

「漢字怎麼寫？」

1. 原文中主角石田雪那用的藝名是平假名表記的「石田せつな（Setsuna）」，同一間事務所裡的藝人「Rino」等人，在原文裡也是平假名。

「哦，雪，然後……」我想起總是在學校或補習班的講義姓名欄填寫的漢字。「那霸的那，妳知道嗎？沖繩的那霸。該怎麼形容，字看起來就像掛起來曬的衣服。」

我正覺得自己的比喻很怪，美砂乃也真的為難地笑道：「什麼啦，完全聽不懂。」我從包包裡取出用來寫攝影課和試鏡檢討項目的小筆記本，還有為了寫它而買的細自動筆，在空頁寫上自己的本名。

「啊——好像看過。是說，明明是雪那，卻不是念 Yuki-na[2]，而是 Setsu-na 嗎？」

「嗯，積雪（seki-setsu）的雪，不是就讀 setsu 嗎？」

「這樣喔？這個，雪那是什麼意思？」

「因為是冬天出生的，所以是雪。『那』有漂亮美麗的意思。好像是希望我變成一個心地像雪一樣潔白美麗的人。」

「是喔——」

「那美砂乃妳呢？」

「不曉得耶，好像是我阿公自作主張跑去請神社還是寺院取的，不知不覺就叫美砂乃了。我爸也不曉得跑去哪了，很少見面。」

我發現自己似乎不小心問到了相當敏感的事，就像搶答節目的回答者一樣，連忙一口氣說：「我爸也是一個人調派去福岡了！」什麼是一個人調派？美砂乃問，沒什麼興趣地用指頭摸摸麥香雞包裝紙上的花紋，按按麵包。

「就是和家人分開，一個人去外地工作。我跟我爸大概兩、三個月才會見到一次，我幾乎就只跟我媽兩個人過。」

2. 「雪」字在日文的音讀為「setsu」，訓讀為「yuki」。

「咦？那跟我家一樣嘛。」

美砂乃說，睜開褐黑及淡綠摻雜的眼睛，終於打開包裝紙，咬了一口麥香雞。美砂乃雖然個頭嬌小纖細，但嘴巴很大，吃東西很快。或許應該說，只是因為臉小，所以嘴巴看起來大而已，她單純就是吃東西速度很快，一眨眼就啃掉半個漢堡了。她好像一如平常，草草嚼個兩三下就吞下去，結果按住喉嚨皺眉頭。我把紙杯挪到美砂乃前面，但她慌忙拿起帶來的維他命水，吹喇叭似的灌下色澤如黃水晶的液體。

「可是，妳感覺應該要叫 Yukina，所以攝影課的時候，還有米拉庫兒的人不在的時候，我就叫妳 Yuki 喔。」

不覺得 Yuki 比 Setsu 好聽多了嗎？Setsu 讓人想到《螢火蟲之墓》裡的節子（Setsuko），好老氣，妳也可以叫我 Misa[3] 就好。

美砂乃突如其來地更改了彼此的稱呼，我一時跟不上，無言以對，於是美砂乃就像往蟻窩裡灌水般，天真無邪地用話語填滿空白的縫隙。我猜想，一定是因為美砂乃當時在看的漫畫女主角名字叫Misa[4]，所以才會要我這麼叫。雖然美砂乃也不是樣樣都趕流行，但她只要迷上某樣東西，就會想要徹底跟迷戀的對象同化。她不曾愛上男偶像或演員，多是崇拜年輕女藝人或動漫人物，會模仿對方的穿搭風格或髮型。

「美砂乃是妳的本名嗎？」

「對啊，連字都一樣。欸，要叫我Misa啦。」

「可是總覺得就是要叫『美砂乃』三個字才像美砂乃啊。」

「又講這種複雜的事。不要搞得那麼難啦——美砂乃很笨嘛。」

3. 「Misa」是「美砂乃」（Misano）的簡稱「美砂」的讀音。

4. 推測是二〇〇六年開始連載的暢銷漫畫《死亡筆記本》裡的女主角彌海砂（Amane Misa）。

「妳還不是叫自己美砂乃。」

「不是啦，人家是想要別人叫我Misa嘛。」

我拿起一根薯條。比剛才軟掉許多。「Misa。」我說出聲來，嘴巴想要接著說出「no」的音，便拿薯條塞進嘴裡堵住。美砂乃心滿意足地微笑說：「嗯，就這樣叫。」一眨眼吃光剩下的麥香雞，一次抓起兩三根托盤上的薯條，陸續掃光。聽在我的耳裡，那是饑渴的聲音。

Yuki妳不上課嗎？表演還是舞蹈課那些，美砂乃已經改口叫我「Yuki」了。星期六上午要去補習班，和事務所的課衝堂。我想起母親坐在事務所用屏風區隔的狹小會客區沙發上回答，等考完國中後會考慮。我心想，原來是這個打算啊，同時考試也結束了。我對母親理所當然地搬出兩年以後的事感到驚愕，母親都想到那麼久以後的事了，但我光是每個月一次的補習班評量考、事務所的攝影課、偶爾通過書面審查後要去參加的試鏡面試，肺就快爆掉了。

我要補習，我說。「考國中要這麼早就準備喔？我還以為那是上六年級以後的事耶。」美砂乃的眉毛近乎誇張地垂成了八字形，用任何人都能一清二楚意會的表情表示，她討厭念書。

「可是，我還算是晚的。更認真的人，好像三年級就開始補習了，但我是快升上五年級的時候才開始去的，完全趕不上別人。」

「天哪，我絕對沒辦法。說到三年級，人家……Misa只記得被米拉庫兒挖角的事而已。」

美砂乃好像明年開始要去讀公立國中，換上攝影用的制服時，不時像在說給我聽似的喃喃「好想快點穿上真的制服」、「聽說我們學區的國中制服很土，真不想去啊～」我光是看到拍擺用制服的百褶裙擺動，就心生能不能考上的擔憂，因此真的很想叫美砂乃不要隨便把這個話題掛在嘴上，但又不想頂撞她。美砂乃比我大，比我可愛，粉絲來信不用說，還會收到許多粉絲送的ANGEL BLUE那類昂貴的衣服，事務所也對她另眼相待。最重要的是，美砂乃對我很好。感覺她說那些話並不是出於惡意。

等我考完國中，也會考慮上舞蹈課。我把母親對狹山先生的那套說詞拿來照本宣科，美砂乃說：「真假？要是Yuki妳也來，一定會很好玩。Misa啊——有點不是很喜歡Rino的說。我也不太會說，Rino不是有點陰沉嗎？所以才會希望Yuki妳也在。今天Rino不是同一個時段，有點開心。」美砂乃說起Rino的事，我暗自吃了一驚，結果美砂乃突然用摸過薯條油膩膩的指頭抓住我的手腕：「啊——好想快點變成國中生喔~……我們一起變成國中生吧?!」美砂乃的手腕戴著手作的老舊編織手環。我們學校要是戴那種東西會被罵，美砂乃的學校不會禁止嗎？不光是編織手環，美砂乃還會戴耳環或項鍊。今天也是，她戴著金色的環裡有透明蝴蝶晃動的耳環，和鏤空愛心上鑲了許多粉紅色亮鑽的項鍊。她一動，臉周和手腕便閃閃發亮。

「每個人都可以上國中吧。」

「不不不，Yuki，Misa說的是迫不及待變成國中生的心情！是心情！」

美砂乃看著我的眼睛，嘴裡卻叫著「Yuki」，讓我覺得好像在跟我以外的別人說話，感覺很寂寞。但是玩膩以前，美砂乃一定不會改回原本的稱呼吧。我知道她很頑固又任性，直接放棄了。

吃完全部的薯條，把放著揉成一團的麥香雞包裝紙、薯條盒和紙杯的托盤一半插進垃圾桶裡，搖一搖倒掉垃圾。美砂乃把維他命水收進像網子一樣的包包裡。要補防曬嗎？我問，美砂乃摸了摸手臂說，再一下就天黑了，不用吧。但為了盡量減少暴露在紫外線下的時間，我們小跑步衝到目黑站。我有母親給我的Suica卡，所以等美砂乃在售票機買票，一起穿過驗票閘門，搭上山手線，在品川站道別。美砂乃穿過京急線的連接閘門回去了。我搭上京濱東北線，坐了下來。鼻子裡淤積著薯條的油味。我拿出收進包包裡的防曬，只抹了手臂和膝蓋以下，閉上眼睛。

走出新子安站的驗票閘門，經過西口的天橋，再走上十分鐘，爬上平緩的坡道，就到家了。車站周邊就像被往來的卡車給輾成平地一樣，一片平坦，但住宅區的道路高低起伏，宛如在進行腹式呼吸。到家的時候，抹上厚厚一層的防曬都被汗水沖光了，後腦到脖子就像被太陽的手給一把抓住。

打開門鎖，推開玄關沉重的門板，沁涼的空氣觸碰臉頰。開著電視的客廳角落、上方擺著事務機的縱長電腦桌那裡，母親正蜷著背坐著，目不轉睛地盯著大型筆電螢幕。我把包包放到餐椅上，喝了水，正要解開勒得死緊的髮繩，母親眼睛沒有離開螢幕，說：「妳回來啦。怎麼樣？」

「唔，還好。」

「什麼叫還好？妳有好好地笑嗎？之前的照片，妳不是都臭臉嗎？」

「嗯。」

「下次更新，我會檢查妳有沒有好好地笑。」

母親暫時關掉原本在看的論壇的視窗，開新視窗從書籤裡點擊「制服姊妹」網站。原本全是粉彩色背景和文字的視窗搖身一變，被年齡相仿的制服女生照片給填滿了。

「美砂乃果然好厲害，在制服姊妹裡是上半年度第一名，在米拉祭也參加了舞蹈跟表演兩項。等妳考完試，也得急起直追才行。」

我加入的米拉庫兒大道，每年會在夏冬兩季租借小型活動會館舉辦米拉祭，邀請監護人和粉絲，展示舞蹈課、表演課和擺拍課的成果。活動中也會販賣攝影課拍攝的簽名照等周邊商品，事務所經營的另一個會員制網站「制服姊妹」裡愈受歡迎的成員，照片就愈快完售。「制服姊妹」可以看到米拉庫兒大道所屬中小學藝人的照片和影片，也會上傳攝影課時拍攝的特別出色的作品。人氣火紅的藝人，還會製作個人的形象影片。母親特地每個月付三千圓加入會員，逛論壇逛累的時候，就會查看有沒有我的照片上傳。更新欄經常出現美砂乃的照片，我的照片很少被選用。母親認為我一直不紅，是因為拍照時笑容太僵硬，拍照前都會特地督促我對著鏡子練習笑。結果因為練得太累，攝影課還沒開始就已經笑到臉頰痛，更笑不出來了。即使這麼告訴母親，她也說「那是因為妳還笑不習慣」。

「喏，今天做了哪些事，演一次給我看。」

「就像平常那樣穿上衣服拍照而已。」

「怎樣拍？」

「這裡又不是工作室。」

「擺了哪些姿勢，至少還記得吧？喏，笑一個。」

累到快掉下來的臉頰被一把捏住，整個視野被母親微笑的臉給占據了。每次教學觀摩或運動會的時候，母親的笑容都會贏得旁人大美女的稱讚。泥色的眼瞳、沒有遺傳給我的高鼻子、上揚的唇角、泛黃的門牙，還有沾到門牙上的口紅。我閉上眼睛搖頭，母親細長的指甲依然不放開我。我更加使勁搖頭，丟下一句我要洗碗，母親才不情願地放手，坐回電腦前。

「念書當然很重要，可是妳要知道，人家願意免費幫妳們拍照，這真的、真的是很難得的事喔？聽說其他事務所，一堆都是付了好幾次上萬的學費，結果連一次工作、一次試鏡都沒有。我正在看的討論串的原PO也是，說她小孩被惡質的事務所騙去，花了二、三十萬上課，結果連一次工作都沒接到。很過分對吧？跟她們比起來，雪那，妳真的很幸運。」

有時叫「攝影課」，有時叫「工作」，和事務所相關的事情，母親的稱呼總是隨隨便便變來變去。總之，母親好像就是希望事務所把我找去，不管是去做什麼都好。我在海綿倒上洗碗精，擦洗丟在洗碗槽裡黏附著蔥花和飯粒的盤子及湯匙，最後洗了碩大的平底鍋。母親應該是做了炒飯吃。母親隨興做的炒飯粒粒分明很好吃，所以我有些後悔，早知道就回家吃飯，不要去什麼麥當勞了。
我用洗完碗溼答答的手抓住馬尾根部，一邊慢慢地扯下髮繩，一邊走向浴室。隨著頭髮一根根被扯掉的聲音和刺痛，整顆頭驀地變得輕盈，就好像被推落深谷。那種解放感，就宛如扎在頭皮的無數根針同時被抽掉一般。髮繩已經失去彈性，無法再使用，和落髮一起丟進盥洗室的垃圾桶。被噴霧固定的頭髮，就像很小的時候在繪本還是什麼上面看到的蛇髮女妖梅杜莎，豎在頭上張牙舞爪。我按住太陽穴一帶，搓鬆質感像冰柱的髮束，脫下T恤和底下的細肩帶背心。用洗臉臺上母親的卸妝油讓妝浮起，再以微溫的蓮蓬頭水沖臉，接著用熱水澆淋整顆頭。起初還會反彈熱水的頭髮就像失去了魔力，漸漸萎靡，身體也放鬆下來，右頰抽動了一下。
用蓮蓬頭沖刷浴室的鏡子，鱗狀水垢和霧氣消失了一下，倒映出我的身體。體毛稀疏、還貼著胸貼的我，就像個光滑無毛的裸體洋娃娃，卻又不像小時候爸媽買給我的莉卡娃娃那樣苗條緊實。苗條緊實這個詞，拿來形容美砂乃更貼切。我的身材就像被拉長的小嬰兒身體，再裝上符合年齡成長的手腳。撕下胸貼，再次抬頭，鏡子已經恢復霧白，我的身體輪廓模糊暈滲。

從洗手臺旁邊的衣物抽屜盒裡取出內褲時，塞在深處標籤沒剪的兒童胸罩一起被拉了出來。和美砂乃穿的三角形胸罩不一樣，形狀是像剪短的無袖背心。是母親說雪那也差不多該穿胸罩了，去SOGO買給我的。我記得去攝影課的時候第一次穿這種形狀的內衣，但鬆緊帶摩擦腋下很癢，攝影一結束就趕快脫掉，一直抓到皮膚都變紅了。這種東西怎麼可能穿上一整天？我把它塞進抽屜最深處，又穿回棉製的細肩帶背心。

睡醒後，我吃著好像是母親昨天在附近麵包店買的鹹麵包，配昨天早上預錄好的女子戰鬥動畫和戰隊系列影集。迎接不用上學不用去補習也沒有攝影課的星期一。終於有放暑假的感覺了。我在餐桌用功到午飯時間，途中母親醒了，坐在我前面吃了明太子法國麵包，然後坐到電腦桌前，邊看電視邊看網路論壇。漸漸地，比起電視，母親的臉更固定在論壇的文字串上，再也不動了。我趁這時候在桌底下悄悄打開手機，傳電郵給美砂乃。

「昨天聊得真開心！等國中入學考結束，再一起去大玩特玩吧。」美砂乃立刻回覆：「對ㄚ聊ㄉ超開心，一起去大玩特玩ㄅ！想跟 Yuki 一起去買衣服跟飾品！」

美砂乃就像國高中生那樣使用注音文，我覺得也得效法一下，卻抓不到法則，覺得維持書信範本般的文體太幼稚了，配不上美砂乃。不光是這樣而已。我們家不像美砂乃家有零用錢，要去攝影課或出門的時候，母親會給我一千圓儲值Suica卡和吃飯，如果想要買什麼東西，就跟母親說，母親會給我錢。例外是父親每次回來，都會給我圖書卡，讓我自由買書。但我不想被美砂乃知道自己居然幼稚到只有圖書卡能自由使用，虛榮地回覆：「一起去吧！我的零用錢很少，得開始存錢了。」

對話停止了，我把打開的折疊式手機擱在腿上，解了幾題補習班的習題等待回覆，這時收到電郵：「Yuki，妳要ㄅ要去攝影會？$很多ㄛ！」

雖然不知道是米拉庫兒大道還是「制服姊妹」主辦的，但就像攝影課那樣，攝影工作室每個月都會舉辦攝影會。多半在週末舉辦兩個場次，工作室各個房間會安排有換裝的旗下藝人，申請的客人可以用自己的相機，在規定時間內自由拍攝少女們。藝人會有經紀人陪同，但好像也有些粉絲拍得太忘我，靠近到突出的相機鏡頭都快撞到人，我常聽到美砂乃和其他女生埋怨攝影會的事。我進去之後沒多久參加過一次，當時穿了和上次攝影課不同款式的學校泳裝，但脖子上掛著豪華單眼相機、年齡和體型各異的男人們是為了纖瘦小巧的小學生而來，對於小四身高就超過一五〇公分，而且有著一張不夠稚氣的長臉的我興趣缺缺，我乏人問津。只有幾個人為了練習調焦距等等，對我拍個兩三張，接著便默默無語地跑到其他女生那裡去了。此後我沒有再被找去參加攝影會，有段時期，每當事務所的首頁刊出攝影會的公告時，母親都會恨得牙癢癢，就像要把話抹進我的臉頰或脖子說「雪那現在要準備考試」，雖然最近她什麼都沒說了。

「等考完試可能會參加。不過我不像美砂乃，米拉庫兒的人沒那麼喜歡我，可能不太會找我吧（汗）。粉絲也有點可怕。」

一會兒後，美砂乃傳了一大串電郵過來。她說，攝影會的酬勞一天好像有大概三萬圓。基本上錢會交給母親，但其中一萬圓會變成美砂乃的零用錢。美砂乃幾乎每個星期都被找去，所以賺的錢遠遠超過小學生的零用錢水準，而且對那些製造麻煩的粉絲，狹山先生他們會用嚇死人的音量大聲罵他們。大人會保護我們，很安全的。這措詞以美砂乃而言相當中規中矩，即使說是別人打的，我也會相信，但最後一句的「要是可以跟Yuki一起參加攝影會，一定很棒。是說，快點叫人家Misaㄌ」，讓我確實聽到了美砂乃的聲音。

我簡單地回覆美砂乃後出聲，媽。母親眼睛沒離開電腦螢幕，嗯——?了一聲。我注視著她頭髮軟塌的背影，喃喃說，等考完試，我也去參加一下攝影會好了。母親回過頭來：

「怎麼啦?終於有幹勁了嗎?」

「嗯。」

##NAME##

母親素顏的臉散發出洋溢的歡喜，站起來坐到我旁邊。接著以撫摸寶物般的動作梳理著我的頭髮，開心地說了起來。媽覺得雪那妳需要更多被拍的經驗，妳只是還不習慣而已，難得妳長得這麼可愛，就是太怕羞了。母親滿面笑容。好開心。母親觸摸我的手指就像竹耙子一樣又細又美，但好像皮膚非常脆弱，在我上幼稚園的時候因為碰了太多水，變得像沒鋪過的馬路一樣坑坑巴巴。所以我們家早餐經常吃不用餐具的鹹麵包，洗碗成了我的工作。我的手和膚質似乎遺傳到父親，很健勇，乾燥的冬天另當別論，但夏天很少會粗荒。

「可是，得先考上國中才行。要是一口氣做太多事，結果沒一樣做好，那就沒意義了。」

聽到一直以來我為了讓母親的一頭熱降溫而說的話，被母親幾乎是換句話說丟了回來，話語堵在喉嚨深處打起漩來。感覺一出聲，這些話就要溜出口中，所以我閉上嘴巴，用鼻息應聲，點了點頭。

「對了，快中午了。要吃什麼？」

母親走向廚房，在流理臺前面蹲下來，流理臺底下的抽屜有庫存的杯麵和袋麵。可能是在物色有什麼口味，傳來母親拿起杯麵時，油炸麵碎渣和調味粉沙沙晃動的聲音。我忽然想起加入米拉庫兒之前，全家一起去檀香山時，那無盡蔚藍透明的大海。很像在那裡撿起貝殼，貼在耳朵上時聽見的海浪聲。我要炒麵口味，我說。

二〇一五年　五月

「請問妳是盛鹽[5]嗎？」

我對手肘拄在桌上滑手機、束著一頭金髮的女子出聲。掛在椅子上的 BAO BAO 托特包上掛著信物——亞歷克斯的二頭身娃娃吊飾。女子抬頭，睜大眼睛。「啊……雪路嗎？」她從椅子上站起，以關西人的腔調說著：「終於見面了！啊，請坐請坐，

5. 盛鹽（盛り塩）在日文裡是商家或一般家庭放在店門口及玄關，堆成三角錐狀用來驅邪的鹽。

咦，呃，妳果然是學生？大學生吧？正在求職？」她把頂著沒染過的短鮑伯頭、穿著為入學典禮買的長褲套裝，全身上下一身黑的我打量了一遍。

「傍晚要去面試打工，離求職還很久。」

「這樣啊——噢沒有啦，在Twitter上也覺得妳很像學生，但實際看到本人——這樣說可能有點沒禮貌，可是妳真的好年輕，而且好瘦，嚇我一跳。啊，為了慎重起見，我確定一下，妳滿十八了吧？」

我說我今年滿二十，盛鹽搖晃著據說是自作的流蘇耳環，發出銀鈴般的高亢笑聲說，二十也夠年輕了，太年輕了。盛鹽是去年我一開始玩Twitter後立刻彼此追蹤的繪師。她利用年假昨天來東京玩，向相互追蹤的好友徵求午餐飯友。我抱著輕鬆的心情回覆，結果昨天剛約，今天就輕鬆碰到面了。我沒參加過網聚或販售會，因此這是第一次跟網路上認識的人見面。

向店員點泰式打拋飯和迷你河粉套餐配冰紅茶的時候，盛鹽的對話也不斷地跳躍前進。那個年紀居然就能畫出那樣的名作、上星期在pixiv發的那部短篇真的有夠催淚……亞歷克斯注定沒辦法輕易得到幸福啊……等等。盛鹽在Twitter也算是比較常發日常瑣事的人，文字和說出來的話沒什麼落差，聲音與文字嚴絲合縫地重疊在一起，清脆地溜進耳中。盛鹽從事設計相關工作，業務繁重，忙起來的時候，甚至經常在公司過夜。從她每一天的貼文，可以看出這幾年她已經沒在畫實體同人誌了。其他我對盛鹽的瞭解，就是亞歷克斯在ＢＬ配對裡絕對非是受不可[6]，以及她

6. ＢＬ為「Boy's Love」的簡稱，指男男戀的作品。攻受則是指雙方關係中的主動者與被動者，或性愛關係中的施動者與受動者。

希望亞歷克斯盡量遭遇不幸折磨。

兩人對話期間，店員說著「米粉套餐、打拋飯迷你河粉套餐」，端來餐點，一放下明細就回去廚房了。盛鹽用筷子攪散豬五花米粉，彷彿對話從未被打斷一般，用和剛才一樣的口吻問：「雪路妳在《雙刃》之前，是迷哪一部作品？」我迷成這樣的就只有《雙刃》，本來是夢女子[7]，在pixiv和網路上四處亂逛，不知不覺間就變成腐女子[8]了。這段經歷流暢地脫口而出。

「啊，我現在是亞歷克斯總受派。我沒那麼追求亞歷克斯要很有男子氣概，所以喜歡的作品也……怎麼說，雖然是夢向，但也沒那麼追求戀愛氛圍。」

為了不冒犯總受派的盛鹽，我匆匆插入這段解釋。盛鹽一臉驚訝地吃著米粉，睜圓了勾勒著眼線的眼睛說，我也是耶……

「好懷念喔，以前我有個一直在追的夢小說作者……那人的網站叫『徹夜未眠』。」

這次換我驚呼一聲，話聲從摀住嘴巴的指縫間溢出，我也超瘋「徹夜未眠」的。咦，太厲害了吧，奇蹟？真有這種事？可是那與其說是二次創作，已經是文學創作了吧……不，沒錯，真的就是文學。咦，等一下，那個網站現在還活著嗎？我們放下筷子，彼此壓低了聲音興奮著，用盛鹽的手機連上「徹夜未眠」的網站。為了對應手機顯示，夢小說網站的使用者界面會自動變更，畫面變寬，也變得更好閱讀。但看看首頁，二〇一一年秋天讀到的長篇連載第三回是最後一次更新，此後包括部落格在內，

7. 簡稱「夢女」，指愛上動漫角色，幻想自身與其戀愛互動的粉絲，經常在二次創作中讓自己變成原創角色登場，與心愛的角色發展關係。

8. 簡稱「腐女」，指喜歡以男性之間的戀愛為主題的作品的女性。除了原創BL作品外，也熱愛幻想一般動漫作品中的男性角色之間有超越友情的關係。

都沒有動靜了。rico 大大也跳槽到其他作品去了嗎？盛鹽滿懷惋惜，就像要把指紋捺上液晶螢幕般，慢慢地關掉網站。

十五年前一度完結的漫畫《雙刃亞歷克斯》宣告即將開始連載續集，我和盛鹽的 Twitter 河道氾濫著表現尖叫和歡喜的顏文字。主角亞歷克斯出生於虛構國家的醫師兼劊子手家族，擁有持斧頭處死罪人、刀起頭落的天賦才能，從少年時期就被冠上「慈愛的處刑人」稱號。然而當國家爆發革命之際，由於斷頭臺的發明，他失去了工作與特權，成為浪人，四處飄泊。亞歷克斯和身為鐵匠之女的女主角相戀、與他親手處刑的罪人的兒子一同生活，並以斧頭為武器，對抗怨恨自己的舊時代餘孽，摸索著該如何在新的時代走下去。續集連載消息公布的同時，也公開了時間設定在正篇結束三年後的世界，主角和女主角之間生了個女兒。對於續集的設定，我們接受並感到開心，但應該也有不少有在二次創作的人因為故事發展與自己心目中設想的結局不同，投奔別的作品活動。

我們過去熱愛的夢小說作者rico，也沒有回到「徹夜未眠」這個創作網站，留下了未完的故事，就此棄坑。盛鹽拿起筷子，開始吃麵，我也跟著用湯匙挖起打拋飯。吃完第一口的盛鹽用筷子攪拌配菜的迷你沙拉，喃喃說道：

「怎麼說，我年紀滿大才開始正式投入這類活動，所以從一開始就把兩邊的世界分得很清楚，牢記我的詮釋完全是諸多詮釋當中的一種，然後開始畫二創BL。所以老實說，我實在不懂怎麼會有人因為這種事而受到打擊。作者毫無疑問是至高無上的神，原作才是正史——啊，我是說正確的歷史的正史喔，不過讀者要在腦子裡怎麼詮釋想像，是各人的自由嘛。雖然跟現實不一樣，但想像也不能說就是假的。」

我嚼著加入雞肉高湯煮得偏硬的飯粒，微微點了幾下頭。二次創作只是基於著作權的一般通念，獲得默許而已。至於原作者本身，從後記或書末感言來看，他對二次創作似乎採取寬容的態度，還在與其他漫畫家的對談中，坦承買過自己作品的同人誌。對談的漫畫家聽了很驚訝，他說「大家的畫功和文字水準都超高，超厲害的，而且比我更能客觀分析角色，對角色瞭若指掌（笑）。害我都覺得乾脆叫這個人來畫就好了（笑）」。這段話還被擷取下來，成為懶人包文章的內容。其中有些粉絲濫用了原作者的好意，混淆了自己的想像和原作的界線，對兩者間的差異感到不滿和憤怒。我心中認定這種粉絲是搞不清楚界線的傢伙，非常傻眼。

「而且我讀作品的時候，不會把自己代入進去，所以不會有不希望主角跟女主角在一起的想法。要說的話，亞歷克斯是革命前的舊時代人物，相對地，作品裡出現了許多年輕的角色，女主角也是其中之一，作者很鮮明地刻劃出了兩邊的對比不是嗎？所以亞歷克斯變成人父，完全就是自然而然。

「是覺得自己超過了角色的年齡或人生，或角色沒有變成自己希望的樣子，就冷掉了嗎？雖然我一開始碰巧是以夢小說的形式遇到這部作品，但我並不是想要把自己當成主角談戀愛，而是喜歡站在一旁守望亞歷克斯的命運與世界，所以最後才會安頓在BL這種形式吧。雖然我還是很喜歡rico大大的作品啦。」

「我懂，我也是，讀夢小說時都沒有填上名字。」

欸不是，那樣太好笑了吧，盛鹽掩著嘴巴笑了。聽到盛鹽的話，我才想到或許我從來沒有希望過亞歷克斯踏上什麼樣的人生。我只是喜歡有亞歷克斯這個人存在，喜歡他跟其他人建構起關係，在一旁守望著這些過程。不管那個人是女主角也好，是敵手也罷，我沒有無論如何都無法接受的地雷，所以才會覺得盛鹽的分析是對的——應該吧。

離開餐廳後，盛鹽好像要去逛池袋的書店和動漫店，她在新宿站的東南口驗票閘門前慌張地掏出手機說：「是什麼線的車去了？」我回答，山手線，或湘南新宿線也可以，不過湘南新宿的月臺很複雜，或許還是搭山手線比較好。從這裡去的話，是最裡面月臺的綠色電車。

「對了，雪路一直都住在東京嗎？」

「啊，不是，我家在橫濱那裡。不過大學在都內，所以大概知道。」

我就像在漫畫對話框裡塞滿臺詞般回答。啊，這樣啊，謝謝啦，下次再會。盛鹽露出大方的笑容，揮手穿過閘門後，又轉過來一次，指著前面的湘南新宿線乘車處，雙手交叉打個大叉，嘴唇大大地張動，問我：「不是這裡？」我張大眼睛，用力點頭。盛鹽用手比出一個大圈圈，小跑步往山手線乘車處離去了。

上大學以後，開始經常聽到「東京」這個地名。尤其是從外地來到東京的同學們，把我搭電車去上攝影課的地點、為了試鏡用家裡的筆電或折疊式手機搜尋路線時記住的地名，全部統稱為「東京」。聽到這樣的稱呼，不管是怎麼走都走不到的試鏡會場燙得像鐵板一樣的柏油路、攝影課後吃的速食，全都像發生在迷你模型裡的事般，逐漸從我身上剝離。所以「東京」這樣的稱呼，讓我覺得聽起來甜甜的，很喜歡，但自己卻完全沒辦法這樣稱呼。我就是弄不懂它的用法，不知道在什麼樣的場合，才能把自己現在身處的這個地點稱為「東京」。

目送盛鹽離去後，我前往新宿參加家教打工的面試。因為已經事先從網路申請好了，因此在行政窗口幾乎就只要回答制式問題而已。然後我簽了兩張跨頁的業務委託合約，把個人資訊登錄到公司名單裡，對方說日後會打電話或用電子郵件通知委託。因為沒有特別指定，所以我鄭重其事地穿了套裝，但或許沒這個必要。面試連攝影機都沒有，在輕鬆的氣氛中平穩地進行，由於不知道會在何時何地受到「不在場的視線」評斷，反而讓人疲憊。

回到初臺的公寓，我在玄關坐下來準備脫鞋，卻就這樣好半晌站不起來。

好不容易爬進套房裡，坐在床沿，左手揉捏著浮腫的小腿，傳LINE給母親報告「我回家了」。一會兒後變成已讀，傳來兔子用拇指比讚說「ＯＫ！」的動態貼圖。

以前在米拉庫兒大道的時候，攝影課好像其實有一點酬勞，加上演廣告的酬金，總共有約三十萬圓的收入。在我上大學的時候，母親把這些錢的存摺和提款卡交給我，做為入學賀禮。母親

##NAME##

再三打開存摺，要我確定沒有半毛提領紀錄，殷殷叮囑，好像也有些父母會花掉小孩賺的錢，真的很過分，但我一毛錢都沒有碰。我把帳戶裡的錢拿來買新住處的家電，一眨眼就見底了。不管是搬出去住還是打工，父母都反對，說服我與其這麼做，倒不如住家裡認真念書，考個執照更有意義。但經過三番兩次的談判，我以每天用LINE報告回家為條件，爭取到一個人搬出去住。雖然我也提出不需要家裡給錢這個條件，但母親好像在電視節目還是哪裡看到報導，說有女生因為上大學搬出家裡，卻因為經濟拮据，跑去做特種行業，最後工作太累，就這樣大學中輟了，所以她堅持要幫我出房租。母親生氣對我說，世上有一堆小孩是沒有家裡資助的，從外縣市來的人更辛苦，在這方面，妳真的很幸運，妳有好好地認清這個事實嗎？我覺得母親說的沒錯，父親什麼也沒說。

用電熱水壺煮開水，換上居家服。我已經穿慣為了避免內衣透出襯衫而買的膚色 Bra Top，覺得再也沒辦法回去穿什麼鋼圈胸罩了，也想不到有什麼理由非穿不可。傾倒咻咻噴出蒸氣的熱水壺，把熱水注入倒進冬粉湯包的杯子裡，用筷子攪拌。明明已經沒必要忍耐嘴饞，卻比待在老家時瘦得更輕鬆。開始一個人住以後，一個多月就一下子瘦了三公斤。

我一邊喝湯，一邊看 Twitter，盛璽上傳了今天的午餐照片，貼文寫著「我前世積了許多功德，所以今天在新宿見到了雪路，接著瑠華帶我去池袋玩」。我從按讚欄連到那個叫瑠華的人的帳號，結果發現她不是《雙刃亞歷克斯》的粉絲，她的自我介紹欄裡列舉著我不知道的作品中喜歡的配對。明明用的是同一套文法，儘管不到外文那麼遙遠，但那陌生的名字組合看上去就像某種密碼。

在每個人自言自語或對話的河道上，「連呼吸都會讚美你的亞歷克斯bot」登場，發文寫著「晚上七點了。晚飯吃得一乾二淨，真了不起」。盛鹽對這個聊天機器人回覆「今天也在工作啊，真了不起」。

「工作嗎？路上小心。我……去砍個柴好了。」

聊天機器人對「工作」這個單字反應後回覆罐頭訊息，每次看到這種牛頭不對馬嘴的對話，盛鹽就會讚美聊天機器人「好呆好可愛」。這句話裡面似乎沒有機器人能判斷的單字，在河道沉默地流過。

二〇〇八年　八月

美砂乃去沖繩了。公司決定為她製作第一支個人形象影片，這趟就是去外景拍攝。美砂乃生平第一次搭飛機前往沖繩，親眼見到天藍色的大海，攝影期間她一次又一次掬起海水，確定它有多透明。美砂乃從沖繩回來後，我在廣告代理商的分館大樓前和她碰面。

我折起用家裡的電腦列印出來的地圖收進包包裡，穿著無袖白色長版上衣配淡藍色七分牛仔褲、腳上趿著低跟穆勒鞋的美砂乃問我：「Yuki，妳那是真的制服？」我還沒點頭，美砂乃已經把長及胸口、做過縮毛矯正而根根分明的頭髮撩到耳上，手指摸著我的夏季制服袖子上刺繡的羅馬字校名喃喃道「藍色的襯衫好漂亮，真好」。事務所指示，沒有特別指定服裝的試鏡，就穿制服或盡量穿白色衣服，所以我沒有多想，穿制服去了。

「草寫人家不會讀。」

這要是小學生的時候，美砂乃會再接上一句「因為美砂乃很笨嘛」，但國二的美砂乃已經不再這麼說了。好像是被狹山先生說要改。

「我也不喜歡草寫。雖然有學，但根本不會用。」

「咦，人家還想要Yuki教我的說。暑假作業要用草寫體寫講義，可是不管看多少次，我都徹底、從頭到尾、自始至終，完全看不懂……不過啊，Yuki妳們學校一年級就在學草寫囉？不愧是私校。」

美砂乃不再說「因為美砂乃很笨嘛」，卻愈來愈常像這樣對我說「不愧是私校」。聽起來就像拒人千里之外，而且我最後沒考上第一志願，所以一直想要叫她別再這麼說了。然而就在我不知如何啟齒的期間，春季過去，進入盛夏，我也完全習慣她這句話了。

「我不知道其他學校怎麼樣，但我們老師說，草寫一般不用學。我是覺得沒幾個人會用草寫體寫筆記啦。」

「是說，Yuki 真的都不叫我 Misa 耶。」美砂乃舔了舔乾燥的嘴唇說。

「因為……我怎麼會是『Yuki』嘛？」

「也沒什麼特別的意思，妳不喜歡？」

「也不是不喜歡。」

「那就好了嘛。是說，真應該把頭髮綁起來的，汗流得有夠誇張。」

美砂乃把散落在胸前的髮絲攏起來撥到背後，右手將長髮握成一束，另一手搧著脖子。「妳應該沒有髮圈吧？」美砂乃說著，驀地放開頭髮，開始翻起搭在肩上的包包。

「沒有，抱歉。」

明明是美砂乃主動聊起我的制服跟草寫課的事的。我心裡嘀咕著，用手梳了梳剪齊到肩膀上的頭髮。

我們會聊制服或課程，但從來不曾詳細談論過校園生活，像是放學後會去哪裡玩、有哪些朋友。只要對話似乎要轉往那個方向，就會有人打住話題。雖然也不是說好要這麼做，但隸屬於米拉庫兒大道的女生們聊天的時候，都會不約而同避開這類話題。尤其是美砂乃，她會像剛才那樣，近乎不自然地強勢扯開話題。

今天沒有經紀人跟來，就我們兩個集合後去櫃臺登記，一起進入空的電梯。美砂乃從包包裡取出分裝的小紙袋，悄悄遞給我。裡面是小瓶子吊飾，瓶子裡裝著星砂和群青色的彩色沙子。電梯裡只有我們兩個，但美砂乃想起狹山先生的話，「面試前後，可能也會有人躲在某處進行審查，所以全程都不可以放鬆」，感受到「不在場的視線」，美砂乃壓低了聲音說「出外景的伴手禮」。外景怎麼樣？那霸好玩嗎？很熱嗎？妳吃了什麼？我沒去過沖繩耶。我差點要閒聊起來，卻像強忍嘔吐般沉默下去。我也感受到「不在場的視線」。

試鏡不是多人一起，而是個別面試，所以沒有號碼牌，負責的女性工作人員確定名字後，我們就直接被請去用作休息室的會議室裡。房間裡已經有兩個穿著各自校服的女國中生，書包放在長桌上，無所事事地端坐著。我和美砂乃在長桌靠外面的位置坐下，把包包放在腿上，馬上把手機關機，接著我從包包裡取出美砂乃給我的星砂吊飾。軟木塞深深插進瓶口，免得內容物撒出來。在等待被叫到名字時，我慢慢地晃動小瓶子，欣賞裡面的星砂和貝殼，舒緩緊張。美砂乃和我一樣把手伸進包包裡，在裡面玩手機。

一個女生被工作人員叫到名字，拎著書包離開休息室，又另一個女生被叫到名字，離開休息室，然後兩人就再也沒有回來了。一會兒後，同一名工作人員過來叫我的名字。依年齡的話，美砂乃應該先，但依名字五十音順的話，會是我先。我拿起包包站起來，俯視美砂乃。美砂乃那團手機吊飾，又多了穿著鯨鯊裝的地區限定丘比娃娃，以及粉紅色的星砂瓶。想說點什麼的心情開始滾滾冒泡，但我說了聲，拜拜，就收拾東西走出去。

我把輕搔臉頰的髮絲撩到耳上，敲了敲門，出聲說「打擾了」。我依照母親的交代，進房間之後，先抿唇微笑。來到攝影機前，拿著在休息室拿到的印有名字的影印紙，進行自我介紹。我是來自米拉庫兒大道的石田 Setsuna，讀國中一年級，十二歲，擅長彈鋼琴和英語。我最喜歡喝濃湯了，所以很高興來參加這次面試！請多指教。一直到擅長的項目，都依照平常的自我介紹文背誦，但最後幾句是母親為了今天的試鏡想到，要我加上去的。我的聲音就像氦氣氣球，搖搖晃晃地升起，被吸進石膏天花板。

比家庭用鏡頭更大上一些的攝影機眨也不眨地看著我。我依照男面試官的指示，坐上折疊椅，拿起長桌上的塑膠湯匙，左手按著木碗，以默劇方式表演掬起濃湯享用的樣子。最後望向鏡頭大大的黑眼，吐出一口氣，喃喃「好好吃」，接著做出連忙再舀一口、再一口的表演。這時男面試官以難以置信的大嗓門截斷時間似的喊，好，OK！

緊接著男面試官以柔和的語氣笑著說謝謝，彷彿那條從後腦勺把全身拉得緊緊的絲線斷掉般，我整個人鬆駝下去。我拎起書包，行禮說「謝謝」，提著氣關上門。快步走到電梯，按下下樓鍵回頭，看見走出休息室前往面試室的美砂乃的背影。結果美砂乃沒有紮起頭髮，任由髮絲披在胸前，進入房間裡。

我在電梯裡打開手機電源，片刻後，一口氣收到六則電郵。我沒有打開它們，寫訊息給狹山先生：「試鏡結束了」，然後同一句話直接用關聯詞選字傳給母親：「試鏡結束了。我要回家了」。走出戶外前，我在手臂和膝蓋抹上防曬。廣告代理商的分館大樓距離車站並不遠，但刺眼到讓人睜不開眼的陽光在混凝土地上反射著。我盡量挑選陰影處行走，沿著來時的路搭上前往車站的電扶梯，抵達低矮平坦的驗票閘門。

感應 Suica 卡通過閘門，再搭電扶梯下去月臺。搭上前往南浦和的電車，找到座位坐下後，再次打開手機。六則電郵，是我加入不到一個月就退出的女籃社的人傳來的。全都沒有標題，內文分別是：「變態」，「給我看下一張變態照片」、「為什麼要這麼下流？」、「噁心」、「腦袋有病啊？」、「眼睛爛掉了，我要求賠償」。

同學們若有似無地避著我，不曉得有沒有自覺，男生默默地對我投以類似攝影會參加者的視線。但像這樣明確地暴露出惡意、進行騷擾的，只有女籃社的人。我一封封點開宛如蒐集了電視劇和漫畫裡看到的殘酷辱罵拼貼而成的電郵，全部讀完。肩膀的皮膚冷冰冰的，然而卻只有脖子和耳周的血液，在血管中全力流竄，火燒火燎，心跳聲也刺耳極了。我把六封電郵全部點選，一起移動到命名為「墳墓」的資料夾。這樣一來，收件匣裡就只剩下媽媽、美砂乃、狹山先生，有時還有爸爸的名字。先前我都用喉嚨底下的部分在呼吸，這時覺得呼吸的膜緩慢地往肚子下降了。我終於來到在電梯裡感受到的「不在場的視線」所無法觸及的地方了。

把手機收進皮包裡，取出包著書店紙書衣的漫畫《雙刃亞歷克斯》。這部少年漫畫在我出生一年前開始連載，上小學前改編成電視動畫，已經完結。上國中以後，我用書桌抽屜裡累積的圖書卡一集一集地買下全套閱讀。每個週末，只要去都內上攝影課或試鏡，就可以在京濱東北線往返的路途讀完一冊。放暑假以後，試鏡機會增加，不知不覺間我已經讀完全套，今天開始看第二遍。

這陣子我天天上去逛的夢小說網站「徹夜未眠」的部落格說，《雙刃亞歷克斯》雖然是少年漫畫，但從連載初期，畫風就宛如少女漫畫般線條纖細。而且亞歷克斯並非少年，而是年近三十歲，儘管是正義的執行人，同時卻也是劊子手，這些複雜的設定在當時極為創新。若是沒有這些說明，或許我就只是追著劇情，不會發現這些特別之處。

下一站蒲田站，伴隨著這道廣播聲，電車深呼吸般開始減速。我闔上漫畫，打開手機，從書籤點選「徹夜未眠」網站，點入短篇連結。我渴望新的故事。點選連結未呈紫色的未讀標題，跳出輸入名字的對話框，上面附記：「請輸入名字。空欄的話，將顯示為 ##NAME##」。

有一次我在其他夢小說網站乖乖輸入本名閱讀，不過感覺卻好像我硬要擠進擁有西歐名字角色們的故事當中，怎麼讀怎麼彆扭。我還是讀到了最後，正覺得自己成了故事的一部分，後記卻顯示：「雪那，感謝妳讀到最後！」先前還那樣包容寵愛我的故事，突然擺出陌生人的嘴臉，深深向我一鞠躬，把我推開說，好了，快滾出這裡吧。從此以後，即使是夢小說，我也都讓名字保持空欄閱讀。

跳過名字欄，按下「閱讀」按鈕，故事展開了。與其他的夢小說網站相比，敘述更多、符號更少，文字密度極高。即將與其他處刑人家族的繼承人決戰的亞歷克斯，與設定中在革命前便與亞歷克斯認識的女傭兵騎士##NAME##，正在他的山中小屋前面砍柴，確認彼此的情意。在這裡，只有主角和##NAME##兩個人，原作女主角連個影子都沒有。

亞歷克斯不會觸碰##NAME##。他不允許自己用沾滿血腥的這雙手觸摸心愛的人，這是原作的設定。取而代之，他配合砍柴的節奏，呼喚著##NAME##的名字。看見這一幕，##NAME##為受到家族和時代波瀾擺布的亞歷克斯心痛不已，回應他的呼喚。##NAME##。什麼？##NAME##。嗯。##NAME##。好啦好啦。

夢小說依循原作所沒有的、只屬於兩人的文法推進。「徹夜未眠」的站長 rico 在網站設計上也下足了工夫，每一篇發表的夢小說作品，網頁背景和文字顏色都不同。這篇作品的頁面底色是白的，文字是淡灰色，藉此呈現圍繞著 ##NAME## 和亞歷克斯的異國鄉間冬季。

與其說我愛著亞歷克斯，更適切的說法是，我想沉浸在原作中所沒有的他的呼吸。原作裡也有亞歷克斯和女主角的戀愛以及日常橋段，但總是會發生某些戰鬥情節。日常就是為了戰鬥的鋪陳，女主角總是輕易遭人綁架，成為亞歷克斯戰鬥的動機。而 rico 寫的 ##NAME## 不會這樣，反倒說亞歷克斯更像是為了 ##NAME## 而行動的故事裝置。

螢幕上方顯示有新郵件的通知。我按「返回」關掉網頁，移動到郵件畫面，寄件人是「美砂乃」，標題是預設的「無標題」。

「Yuki今天表現怎麼樣？Misa可能沒望了。

「下次表演課完，一起去吃飯吧！

「下星期休息，下下星期ㄛ！

「是說，好想快點一起去攝影會ㄛ！

「沖繩超漂亮的！麻美姊也一起去了，超好玩。

「之前Yuki有教Misa那霸的漢字怎麼寫，Misa會寫那霸兩個字，工作人員都嚇到了！3Q」

我捲動沒有以前那麼花稍的文字，看見身上的水手服被海水泡溼後緊貼全身的美砂乃，在純白的沙灘上舔冰棒比出勝利手勢。水手服底下透出我小學時在攝影課穿的同款學校泳衣。

我忽然想到要確定下一站，抬頭看門上的電子螢幕，和座位上高中升學補習班廣告裡的黑色中長髮女生對上了眼。上國中以後，我依然沒有被找去參加攝影會，只有偶爾通過電視或平面廣告的試鏡書面審查，卻沒有更進一步的機會。母親安慰我說，光是通過書面審查就算及格了，但我只是不停地接到落選通知，卻不明白未受青睞的理由，愈來愈常看到其他雀屏中選的女生登上電視和平面廣告。在外面的時候，我都盡量不去看廣告，但即使在學校，也會拿到上面印有補習班海報的手冊等等，無處可逃。美砂乃不只是攝影課，還參加攝影會，或是以個人名義去沖繩拍外景，早就去到遙不可及的地方了。只剩下我留在原地，沉迷於漫畫和夢小說。

我垂下眼皮，蓋住不慎和廣告中的女生對望的眼睛，想像起來。想像我繼續參加女籃社，和大家打成一片的樣子，或沒有報考私立國中，就這樣和米拉庫兒的人一起上各種課程、參加攝影會或米拉祭、去沖繩的場景。老實說，我一點都不想穿什麼泳衣，但與其孤單一個人，我情願穿泳衣。通過班上每個人都知道的電視節目試鏡，女籃社的人以微笑取代道早，對我說「我有看唷」，工作結束後和美砂乃一起去買東西。想像這樣的每一刻。我只能想像，我只有想像。

我一面打開在家列印出來的地圖，一邊開口：「說到小弟的老闆……」美砂乃跟上似的接著說：「在場鄉親父老兄弟姊妹或許也知道……」從年紀跟我奶奶差不多的表演課老師那裡拿到《外郎藥販子》[9]的講義後，我們兩個一起背誦。正確地說，我先全部背完了，但美砂乃還有許多記不牢的地方，我一邊提點

9.《外郎藥販子》（外郎売）是一齣歌舞伎演目，其中有一大段推銷藥物「外郎」藥效的宣傳詞，是為賣點。現今做為播音員、演員練習口條的教材，廣為流傳。

她，一邊背誦。兩個人一起背誦相同的內容很好玩，就好像在彼此確認母親和學校同學都不知道的秘密暗號。

我們在地面反射的陽光和色彩都極為濃烈的澀谷中心街前進，這天也一樣前往試鏡會場。一穿過人潮，便突然來到無人的街道，看見巨大的ＮＨＫ廣播電視中心。這次是明年春天開始播放的無線電視臺校園劇的學生角色試鏡。今天也沒有經紀人陪，門口有塊看板寫著「試鏡者請往這裡」，我們依照箭頭方向前進，在櫃臺寫下姓名，領了一五五和一五六的號碼牌，在被指示前往的休息室拿到一張Ａ４的臺詞劇本。節錄自電視劇的一幕，兩名國中女生愛菜和唯香在聊班上女生八卦的對話。這次的休息室好像可以說話，先到的其他女生們對著牆壁或印著臺詞的紙張念誦，摸索各種表演風格。我和美砂乃用方巾擦掉額頭和脖子上的汗水，先由美砂乃演愛菜、我演唯香對臺詞，接著交換角色，再對一次。

「第一次遇到這種的呢。」

我從臺詞頁上露出半張臉，小聲對穿著和上次同一件白色長版無袖上衣的美砂乃說。我穿著學校制服裙，上身是在EASTBOY買的白色短袖襯衫。這是母親買給我的，說試鏡的時候穿白襯衫，印象應該會比較好。布料比學校制服更薄，為了不讓胸罩透出來，只好中間再穿一件細肩帶背心，熱氣悶在裡頭，汗流不止。

「對啊，好厲害。」美砂乃也介意著旁人，把臉湊上來說。

「我們加油吧。」

白紙再次直挺挺地升上兩人之間。美砂乃把紙挪回原位，繼續練習臺詞，我也停止聊天，回歸練習。多虧了其他女生的話聲和臺詞，稍微淡化了「不在場的視線」，但又覺得自己似乎要被這些聲音給淹沒。我為了讓美砂乃聽清楚，稍微放大音量發聲。

交換了三次角色時，汗水終於收住了。

一會兒後，一名女工作人員過來，休息室頓時靜如止水。工作人員說，一五一號到一五六號，請準備移動。被叫到號碼的女生們匆匆收拾東西，用手梳理頭髮，或補上唇膏。為了不落後，我們也收好東西出去走廊，排成一列。來到門前，所有人依序招呼「打擾了」、「打擾了」、「打擾了」入內，在椅子前面站定。長桌另一頭，是交抱手臂或拄著手肘的大人們，以及手持攝影機、正目不轉睛地觀察兩人一組共三組並排的我們。首先一一自我介紹，每個人都身具特殊才藝，像是新體操、劍玉或空手道，逐一表演。坐在我左邊的美砂乃接著站起來，說「我是米拉庫兒大道的金井美砂乃，讀國二，十四歲。興趣是跟朋友傳訊息，擅長的才藝是任何地方都能睡」，接著淡定地鞠躬坐下。即使不想方設法妝點自己，美砂乃仍是現場最亮眼的女生。我正望著她宛如貓一般的側臉，對面的人出聲，好，下一個！

我如夢初醒般站了起來，「我是來自米拉庫兒大道的石田Setsuna，讀國一，十二歲。擅長彈鋼琴和英語。很高興能參加面試，我會加油！請多多指教！」接著深深一鞠躬。是一如往常，母親為了今天特別想出來的咒文。忽地，坐對面的白髮叔叔微笑了。我必須像這樣把漫不經心卻持續學習的才藝說成擅長的事，或是裝備母親說的「討喜」，否則甚至無法讓人留下印象。

接下來兩人一組，演出拿到的臺詞。角色似乎是固定的，美砂乃演愛菜，我演唯香，和第一次練習的時候一樣。

愛菜：「欸——妳聽說了嗎？達也跟美香好像在交往耶！」

唯香：「真假——？不過他們兩個這陣子確實走得很近嘛。」

愛菜：「唉——我們兩個什麼時候才能交到男朋友呢？一點

享受青春的感覺都沒有。」

唯香：「再這樣下去，我們不是戀愛角，都變成愛吃角了。」

愛菜：「什麼角啦？可是沒法否定，真傷心。」

唯香：「啊，說人人到，美香來了！」

我在廣播電視中心大門前補防曬，美砂乃邀我去逛109的飾品店。我覺得恍如剛從氧氣稀薄的地方生還回來，但美砂乃不管是在試鏡前、試鏡中還是現在，都和平常沒什麼兩樣，快步離開廣電中心。我跟在她後面，說希望我們兩個都能上。這不像平面廣告或電視劇只挑選一名主角，而是校園劇的大規模試鏡，因此並非不可能的事。美砂乃滿不在乎地回說，嗯，有上的話。她穿過宇田川町，經過中心街，只想盡快前往109。

試鏡真的很難呢，因為不曉得到底是哪裡不夠好啊，要是覺得長得不夠好看，真希望書面的時候就刷下來呢。不說清楚「我們就是要這樣的女生」實在很奸詐，要是先說，還有辦法準備嘛。我上氣不接下氣，對著美砂乃的背影說話。美砂乃沒有放慢步伐，回應說：「Misa就算知道對方要什麼，大概也沒辦法。沒辦法配合。」

「是嗎？美砂乃那麼可愛耶。」

「可愛的女生多到嚇死人好嗎？今天不是也到處都是嗎？」

確實，這些女生要是身在校園裡，一定會成為眾人矚目的焦點，但即使在這些女生當中，也只有美砂乃不斷地吸引著我的目光。美砂乃就像是「特別」這兩個字的化身。「因為是試鏡，所以才都是可愛的女生吧？」我說，美砂乃回頭，露出彷彿在說「或許妳還不知道，但我早就洞悉一切」的表情，對我嗤之以鼻，「不，到處都一大堆。每個人都很可愛，可愛根本不稀奇。」

進入空調冷得就像水底的109，在各種音樂、照明與氣味紛呈揉雜的空間裡搭電扶梯上樓，前往美砂乃說想逛的飾品店。店內展示著繽紛閃爍的飾品，連牆面都掛得水洩不通。美砂乃把一副三百圓的耳環一個換一個放在耳垂上比對，有時也放上我的耳朵說，這個很適合Yuki。逛遍了店內每一個角落，結果連一樣都沒買。

「不買嗎？」

我拿起最適合美砂乃的淡藍色毛球耳環問。啊——最近有點窮。美砂乃喃喃說，挑著長髮髮梢的分岔，說：「是說，Yuki怎麼都不來攝影會？最近老是碰到Rino，真的有夠煩的，Yuki快點來嘛。」

我放回耳環。留長頭髮真不錯，這種時候就可以假裝挑分岔，避開視線，感覺很方便。但想到小學的時候每次攝影課結束時頭皮的疼痛，就實在不想留長。

「對不起，我好像只能繼續試鏡。」

美砂乃停住挑分岔的手，慢慢地抬頭看我。米拉庫兒的階級很明確，能夠推出個人形象影片、在「制服姊妹」的人氣排行榜中名列前茅、多次被找去參加攝影課，像美砂乃這種有粉絲的女生受到器重，而只能參加無線電視或大廣告試鏡這類機會形同大海撈針的女生，在米拉庫兒裡毫無地位可言。我從來沒收到過粉絲信，上國中以後，就再也沒有被找去參加攝影課或攝影會了。我只是不明就裡地過著不被陌生人青睞的每一天，我的生活除了課程和試鏡以外什麼都沒有，幾乎令人懷疑事務所就是在等待我自行挫敗放棄。

在店內刺眼的照明和不知曲名的西洋音樂當中，美砂乃以幾乎聽不見的細聲喃喃說了什麼。咦？我靠上去問了一聲，美砂乃抬頭：

「對不起，Misa都沒想到Yuki的狀況。」

對不起，Yuki，對不起喔，美砂乃的眼睛盈滿了斷斷續續的話語，盯著我的臉，握住我的手。美砂乃纖細的手腕上，小學時戴的編織手環不見了。

「不用那樣道歉啦。」

「不，對不起，Yuki。」

每當美砂乃叫我「Yuki」，我就從試鏡、從學校，一樣樣被解放開來。美砂乃既頑固又任性，但永遠都那麼溫柔。明明就不是需要道歉這麼多次的事啊，我心想，但美砂乃一次又一次呼喚我，因此我也一直回握著她的手。

過了兩星期左右，開學的時候，米拉庫兒大道收到電視廣告試鏡的錄取通知。接著狹山先生打電話給母親，通知結果和試裝、攝影的行程，吃完晚飯的母親從電腦桌前跳起來，告訴正在洗碗的我這個消息。

我在母親面前稍微表現出開心的樣子。但從那一刻開始，就彷彿被針一扎，帷幕破裂，重生的世界，再也不美了。我還是一樣，每天早上醒來，手機裡積滿了赤裸裸的「去死」，在學校一個人過、一個人回家，這段期間也不斷地收到寫著「變態」的電郵。我告訴自己，才剛通過試鏡而已，還沒有開拍，現狀當然還不會改變，就這樣熬過日常。我有種一直無法換氣的感覺。從學校回來，我裝出有些誇張的頹喪表情，向母親傾訴我想退出事務所。母親把東西放到玄關，低頭看我的臉問：「怎麼了？」

怎麼了？我沒料想會被這麼問，僵住了。我以為母親會更不容置喙地直接打回票，所以只做了母親完全聽不進去的心理準備，而沒有預備任何說服的說詞。每次去學校就感覺窒息、在鏡頭前的孤獨、快門聲、閃光燈、中傷我的女籃社女生、大剌剌地打量我的男生、在電腦課許多同學搜尋我的名字被發現拍過什麼照片、聲音、髮膠噴霧的臭味。這些種種就像燉過頭的咖哩般失去分界，一旦試著說明，我心中的助詞便全數凍結，只能亂無章法地吐出當下浮現腦袋的詞彙：「就是，一直很難受。學校那些。」「咦？妳在學校被霸凌嗎？母親再次探頭看我的臉。霸凌？我沒有遇上這個詞彙能夠聯想到的種種，像是躲在廁所吃便當、被人潑水、被拳打腳踢，或是室內鞋被放圖釘。我為了試鏡和事務所的練習課而無法參加社團練習，一下子就退出了女籃社，結果女籃社的人把我當成透明人，傳中傷電郵騷擾我。班上同學雖然不會主動找我攀談，但如果我開口，他們也不會不理。有些女生會騷擾，有些不會。不會騷擾的女生也不會制止騷擾行為，只是這樣而已。

「不是被霸凌嗎？」母親訝異地問。不知道……怎麼會不知道？我收到電郵。什麼電郵？說我變態，叫我去死之類的。誰傳的？籃球社的女生。她們有打妳，還是弄壞妳的東西嗎？是沒有。聽到我的回答，母親從鼻子冷笑一聲，高聲笑道「什麼啊」。

「女籃社妳早就退出了，管她們那麼多？反正是嫉妒妳啦，因為妳長得可愛。而且妳要拍廣告了，以後有得是機會給她們好看。」

母親接著開始滔滔不絕。在媽那個年代啊，真的是無法無天，跟妳是不是女生才沒有關係，不管是父母、老師還是學長姊學弟妹，都照打不誤，社團還禁止喝水。這要是現在，早就因為中暑鬧上新聞了。可是以前就是禁止喝水，只能瞞著學長姊偷吸擦地板的溼抹布呢，因為要是不這麼做，就真的要渴死了。彷彿翻開整理到一半發現的相簿一樣，母親一臉甜蜜陶醉地，說起我所不知道的世界。母親只要一話當年，就沒人阻止得了。八〇年代的偶像、偶像藝人的八卦、暴戾的高中、向父親（我的外公）頂嘴結果被拿熨斗燙手臂、當百貨公司櫃臺小姐時遇到的怪客人、當過幾回的雜誌讀者模特兒的工作等等，就這幾個曲目不停地變換，一播再播。

平常的話，我總是靜待往事風暴過去。等待晚飯時間到了、客廳總是開著的電視開始播起母親喜歡的節目，或母親說累了告終，原本在談的事也一併歸零。儘管無法說明白，但我決心堅定，成功地用「我不想穿泳衣拍照」打斷母親。也許這是我這輩子第一次打斷了母親的話，母親用一種所謂錯愕就是形容這種表情的模樣「啊？」了一聲。

「我討厭穿泳衣。」

「又沒有露肚子。媽有好好拜託狹山先生，叫他讓妳穿沒露肚子的泳衣啊，而且最近妳根本沒被找去攝影課吧？」

「不是，我不是說那個。」

「不要跟我說不是，又不是妳爸。每個人都動不動就跟我說不是。」

母親翻白眼，拖鞋在木地板上拖得吧噠吧噠響，她走向客廳，坐到縱長的電腦桌前。我跟著母親進去，把包包放到餐椅底下，從冰箱取出裝茶的水壺，倒進杯裡一口氣喝光。從學校回來，肚子也滿餓了，我坐到餐椅上，正要伸手拿桌角的鹹麵包，母親對著打開論壇網頁的電腦螢幕，開口道：

「是妳說妳想工作、想當演員，媽才這麼努力幫妳的。」

指尖碰到麵包袋，發出啪沙一聲。我說過這種話？我的手擱在桌上，低下頭去。

雖然沒有美砂乃那麼誇張，但小時候的我，只要看到美好的人事物，就會柔柔地湧出「好想變成那樣」、「好想做類似的事」的想法，其他一定還有多到想不起來的某些「好想那樣」。進入米拉庫兒大道以後，在面試官或母親面前說希望將來要從事某些職業，已經成了和睡前說晚安沒什麼兩樣的習慣。而且我並不是突然福至心靈，主動跑去報名演藝事務所，而是寒假全家去臺場玩的時候被星探挖角，就這樣加入了米拉庫兒大道，也不知道從什麼時候開始，養成了這種「想要成為什麼」的習慣。

母親接著說：「或許妳不願意，可是狹山先生說過，每個人都會經歷這一段，對吧？那個，主演電視劇的童星樫田優子，小學的時候也拍過泳裝照啊。妳得克服這些才行。要知道，考國中那時候，是雪那妳說光課業就快應付不過來了，所以媽才沒跟妳說，可是那時候雪那妳的處境真的很危險。所以這次好不容易得到這麼棒——沒錯，超棒的機會，終於要開始走紅了不是嗎？沒考上第一志願、跟同學也處不好、籃球社也退出了、攝影課和攝影會都沒被邀請、討厭穿泳衣、不露肚子的泳衣也不想穿，連好不容易通過試鏡的工作，現在才說不要，妳到底是想怎樣？妳會一事無成，到頭來什麼都不是。為了讓雪那妳至少做出一點成績，媽一個人這麼努力……」

母親的話語就像裁縫車走動般毫不間斷，一口氣吐出積累在胸口的怨氣。接著傳來嘶……嘶嘶……的吸鼻涕聲，那聲音的節奏愈來愈快，母親雙手摀住了眼睛。我想著要不要站起來，卻無法將汗涔涔的屁股和背部從椅子上撕開，就坐著注視母親的背影，喃喃：「我沒人氣這件事，我早就知道了。」然而我終究無法毅然貫徹意志，最後妥協決定再努力試鏡一段時間。再努力一下吧，直到有個什麼結果，如果還是沒結果，就真的退出吧。母親顯得不服，但仍這麼說。非得做出什麼，否則一切都是白費嗎？什麼都不是的我，會怎麼樣？我不敢問。

但母親聽進我的話，還是讓我放下心來，隔天踩著比平時更輕盈的步伐去向班導要請假單。一回到家，我立刻用原子筆在請假理由欄老實地寫下「拍廣告」，看來對於通過試鏡，我還是相當開心的。但就像麵包點點冒出黑霉般，一旦察覺到羞恥，它就野火般蔓延開來，令人難耐。我從餐桌抽屜取出修正帶，以白色的帶子覆蓋文字，在上面寫下「演藝活動」。「演藝」這兩個字與我疏離，就好像新聞節目裡，主播凝重地播報過於巨大而難以看清全貌的悲劇之後，再用彷彿全沒這回事般滿臉燦笑傳達的那些八卦總稱。

我只留下監護人姓名欄沒填，把填好的請假單擺在餐桌母親的位置上。母親去朋友開的公司當計時行政人員，最近經常不在家。尤其是我說想要退出事務所之後，母親似乎更加投入那邊的工作，都在晚上七點過後才回家，家裡的氣壓變得穩定。晚餐我就吃冰箱裡預先做好的菜，或拿母親多給的零用錢去買。決定拍廣告以後，我都在超市熟食區買兩份沙拉，加上冰箱裡的味噌湯填胃。儘管無時無刻不饑腸轆轆，但覺得不滿足時，就丟一顆沖繩酸梅在嘴裡撐過去，在床上打開「徹夜未眠」的網站。那裡最近開始連載第一部長篇了。

年滿十一歲，第一次處刑罪人的亞歷克斯，因為無法如同修行時那樣順利行刑，讓受刑人遭受了不必要的折磨。後悔和恐懼讓他無法成眠，悄悄溜出家裡。過去無依無靠、餓倒在路邊而被傭兵騎士團收留的十二歲的 ##NAME##，在團裡負責打雜，這天她假裝一整天出門清洗團員的衣物，其實偷了麵包和牛奶，在街上遊蕩，結果發現在巷弄裡抱著顫抖的膝蓋低著頭的亞歷克斯。

亞歷克斯一看到 ##NAME##，立刻尖叫：「斷頭臺的亡靈！」激動大哭，##NAME## 把麵包和牛奶分給他，好不容易讓他冷靜下來，於是亞歷克斯斷斷續續地說起前因後果。砍斷食用豬的脖子修行時都很順利，然而在真人頭上舉起斧頭時，斷頭臺卻傳來罪人以外的人聲。亞歷克斯被分散了注意力，未能一刀斷頭。我才不是什麼替天行道的行刑人，而是個窩囊且罪孽深重的殺人犯，亞歷克斯告解似的向 ##NAME## 坦白。

##NAME## 把男團員的內褲當成手帕遞給雙眼斟滿淚水的亞歷克斯，說：「你剛才吃的麵包和牛奶，是我從團裡的糧食庫偷來的。團裡那些人不打算把我培育成騎士，只想要我做別的工

作，一定是很可怕、讓人甚至不想說出口的工作。可是，儘管心裡打著這種算盤，明天一早他們像平常一樣進入糧食庫，發現麵包和牛奶短少，查出是我偷的，一定又會道貌岸然地對我闡述道德倫理。就是這麼一回事。所以罪與罰那些，根本沒必要放在心上，會被壓垮的。」

得知年齡與自己相去不遠的##NAME##置身的世界，亞歷克斯就像受了傷，僵在那裡。##NAME##接著說：「而且你的工作不是你選擇的，而是被迫繼承的，對吧？你說的罪，不是你該扛起的吧？應該要扛起這些罪的，是你的家族、這個國家、這個世界。」

這番直白的話，讓亞歷克斯臉色驟變：「這是我的使命，不許妳侮辱我的工作、侮辱我！」亞歷克斯撲上去抓住##NAME##，##NAME##輕巧地接招，就這樣壓制了身形矮小的亞歷克斯。

##NAME## 雖然沒有拿過劍，但精通護身術，而亞歷克斯若是沒有斧頭，就無法發揮他的武藝，只是個纖瘦的少年。

如果是使命，你怎麼能這樣就受傷？##NAME## 俯視著躺在地面、暴露出腹部要害的亞歷克斯說。看在亞歷克斯眼裡，##NAME## 就像背負著無盡深邃的夜空。

二〇一五年　五月

第一堂的基礎專題課是看紀錄片。上課的老師沒有任何事前說明，鈴聲一響，便大步走進教室，吩咐後面跟來的女助教操作DVD播放器，這段期間，他自己滑著手機，讓投影螢幕從天花板降下，將肥胖的身體塞進椅子裡。

羅馬尼亞在西奧塞古政權時，全國禁止避孕及墮胎，導致大量天生殘缺的孤兒出世，這些殘疾孤兒在三歲時被送進「醫院之家」，一步都不得外出，一直被收容到十八歲。紀錄片的主題，就是「醫院之家」的內部情形。照片中的孤兒們手腳細如枯枝，喝著瓶裡的粥，或是連內衣褲都沒得穿，在沾滿排泄物的床上睡得就像死了一樣，盯著採訪攝影機鏡頭的少女感染了愛滋病——英語旁白如此述說著。健康狀態不佳的小孩會被送到老人照護機構，但只要身體稍微能動，就會被判定為健康狀態良好，在沒有接受任何像樣教育的狀況下，兩手空空地被趕出一直以來都被隔絕在鐵欄柵之外的外界。為了禦寒，他們只能一起挨在人孔蓋底下生活，不時爬出地面行竊，或向觀光客賣身以糊口。其中也有人產下小孩，許多小孩因為母子垂直感染而罹患愛滋病，繼承上一代的貧困，又繼續犯罪、賣身給前來買春的觀光客。人孔蓋底下形成了一個巨大的人孔蓋帝國，堪稱支配了羅馬尼亞——不，已是遍及整個東歐的地下世界。英語旁白說完數秒之後，才出現日文字幕。

現在，人孔蓋帝國已經遭到封鎖——字幕剛出來，大到蓋過聲音的下課鈴聲便響了起來。助教研究生俐落地調低教室喇叭音量，按停投影機播放，關掉電源。你們看了這部紀錄片，有什麼想法？下週前寫成報告交上來。教師邊滑手機邊說，鈴聲還沒響完，就匆匆離開教室了。

呃，報告？要寫什麼？只能寫感想吧？感想跟報告有什麼不一樣？這老師會不會太混啊？選錯課了。那個老師好像會在酒局性騷擾女生喔——真假？學姊說的。大哪好噁。只能說幕後很黑的。一大早的不會太沉重嗎？不滿與困惑化成小泡沫，開始咕嘟嘟升起。但因為必須前往各自必修的第二外語教室，在化成大泡沫沸騰前就在移動中萎靡消散了。我也是如此。自顧不暇的我，只能跟著修法文的尾澤一起，趕在時間內於尚未完全摸熟的校園內移動。

尾澤跟我一樣是ＢＬ研究社的成員，她從國中就開始寫小說，投稿地方報社主辦的文學獎，還得過獎。高二的時候，在大出版社的新人獎中進入決審，她說大學就是靠著這些成果，自我推薦入學的。跟重考一年才勉強考上的我，一定在能力上，或者說在天賦上就不同吧。尾澤說她都把二次創作當成休閒娛樂或練習在寫。我打開課表ＡＰＰ確定下一堂課的教室號碼，這時尾澤把裝了活頁夾和課本的背包緊抱在身前說，剛才大家那些話是不是太過分了？

「高中的時候，我去柬埔寨做過海外實習，在孤兒院當義工。那裡收容的小孩，就跟剛才那些街童一樣，所以實在不覺得那種黑暗面不關己事。說什麼一大早就太沉重，這話真的太過分了。」

尾澤打開小教室的門，我跟著進入教室。室內充斥著話聲，我覺得一定沒地方坐。「好厲害。我出國的記憶已經太遙遠，都不記得了。我們家好像去過檀香山，但我完全沒印象。」「會嗎？就算不想，旅行的記憶還是會烙印在腦海裡吧？因為不管是海的顏色、街景還是語言，所有的一切都不一樣啊。」尾澤坐到我後面，傻眼地笑道。

「因為都小二的事了，那時候根本還不懂事。」

「不是，小二早就懂事了吧？」

尾澤說，上網搜尋「幾歲 懂事」，把顯示搜尋結果頁面的手機螢幕轉向我。上面是辭典的釋義「明白事理的年紀。幼年期之後」，底下是一整排網路論壇回答的前半段。「應該是三四歲的時候吧。我女兒（繼續閱讀）」、「三歲前後。多半是開始學說話的時候，跟家人朋友（繼續閱讀）」、「我也是三歲。最早的記憶是當時家裡的水晶吊飾（繼續閱讀）」、「小學一年級的時候去看寶可夢電影的事讓我印象超（繼續閱讀）」。尾澤按掉手機螢幕，從背包拿出法文課本和活頁筆記本說：「喏？小二的事不可能不記得啦。妳不是忘記了，只是沒有好好想起來而已。這樣檀香山太可惜了。」

別說小二了，加入米拉庫兒大道前的事，幾乎都失去了分界，融合在一起。即使想要回想起來，加入事務所以後的日子也宛如疙瘩般硬結在記憶裡，阻擋我回溯更早以前的事。那疙瘩四四方方卻也是球體，呈現一種無以名狀的形狀。

我能回想起來的蔚藍大海形象，和美砂乃的影子黏合在一起分不開，怎麼樣都無法跟我或我的家人連結在一起。美砂乃穿著學校泳衣或比基尼泳衣、粗製濫造的COSPLAY制服、感覺會在永旺購物商場看到的各種異材質拼接設計的便服、粉絲送的昂貴衣服等等，以各種造型站在無聲的潔白沙灘上，透過皮膚吸收了沙地尖銳的陽光反射，散發出更加熾烈的光芒。

往後會怎麼樣我不知道，但我想至少截至目前，美砂乃不曾付錢跑去柬埔寨助人吧。這並不是因為美砂乃是個不為他人著想的人，而是因為我怎麼樣都不覺得美砂乃有那種餘裕去學習柬埔寨這個國家在哪裡、有著怎樣的海、有哪些歷史。

我退出事務所後，美砂乃依舊每個週末繼續前往那片明滅閃爍當中工作，毫不停歇。上了高中以後，她有時會出現在週刊封面或彩色寫真頁，但不久後便從雜誌上消失，出了許多個人形象影片和數位寫真集。成年以後，依然穿著「制服姊妹」準備的泳衣和COSPLAY服裝，舔著冰棒，對著鏡頭微笑不絕。儘管早就不是小孩了，再怎麼樣，應該都發現狹山先生那些大人老愛塞冰棒給她，是因為這讓人聯想到男性器官和性行為了。

二〇〇八年　九月

上午去惠比壽的工作室上完表演課後，狹山先生一臉嚴肅地過來，問在場的我、美砂乃、Rino還有小學生成員，大家有玩前略自介[10]嗎？小學生成員當中也有人不知道什麼是前略自介，抱住美砂乃問，那是什麼？美砂乃、Rino和我就像點滴落下的小雨，稀稀落落地答道，沒有……我也沒有……啊，我也沒有……狹山先生恢復笑容，說：「那是一般小孩才會玩的東西，但妳們不是一般小孩，對吧？不可以忘記，妳們是米拉庫兒的成員。妳們已經不是小孩了，要有專業人士的自覺。」接著踩出沉重的腳

##NAME##

步聲，甩上門離開工作室。

氣氛使然，美砂乃找我吃飯，我們離開工作室後，一路踱到惠比壽站西口的圓環。本來想去銀行附近的羅多倫咖啡，結果客滿。沒辦法，只好外帶，美砂乃點了小杯抹茶拿鐵、結帳櫃臺旁邊的年輪蛋糕和奶油酥餅，我點了小杯冰紅茶，然後我們又繼續慢慢地晃過馬路，來到惠比壽公園。這座公園有時也用來進行攝影課和攝影會，我們都很熟悉，知道只要躲進中空的隧道形遊樂器材裡面，就可以避開日曬，吃東西聊天。

公園裡有小孩子發出尖叫跑來跑去，但他們似乎也沒有勇氣打擾避開陽光在隧道裡大吃麵包的國中生，從洞穴上方俯視我

10. 前略自介（前略プロフィール）是二〇〇〇年開始日本流行的一款手機社群網站服務，只要回答提示的問題，便可輕鬆製作出頁面，也可以在上面寫日記。

們，又一副什麼都沒看到的表情離開。隧道裡，車聲和人聲聽起來格外遙遠，美砂乃讓我坐到涼爽的陰涼處，說「這邊比較曬不到太陽」。

Yuki，妳不吃嗎？美砂乃問著，年輪蛋糕屑都撒在牛仔迷你裙底下的大腿上了。「Misa喜歡羅多倫的米蘭三明治，可是不像麥當勞一樣附薯條，根本吃不飽，結果會忍不住買一堆便宜一點的麵包跟甜食呢。雖然這個Misa也喜歡啦，吃甜麵包和蛋糕的時候，配牛奶類最讚了。」美砂乃發出聲音嚼著麵包，把咬過變得像視力檢查表向上C字的年輪蛋糕遞向我。我嚥下酒窩內側大量分泌的唾液，迂迴地拒絕年輪蛋糕：「剛才在事務所吃過飯糰了，而且最近我胖了。」我沒能說出我要拍廣告。

「什麼啦，Misa也是啊~?!」美砂乃捏起上臂薄薄的一層肉拉開，幾乎都是皮。為了對抗，我捲起七分袖，展示自己的上臂說，不是，妳看這肉，妳那才不叫胖。雖然不到胖的程度，但上國中月經來潮後，油膩的食物和甜食的氣味就更加強烈地沁入鼻腔，皮下脂肪就像在挑釁我一樣，開始軟塌塌地堆積在我的身體上。我付出了大量的忍耐，才能勉強接近美砂乃或試鏡會場上看到的其他事務所女生的身材。看，這邊的肉也很不妙。我還隔著上衣捏起肚子的皮下脂肪。我們好陣子了間捏起身上各處的皮下脂肪相互展示，宛如儀式。

「Misa本來沒那麼容易胖，可是最近實在覺得臉跟腳都變得好肥喔——攝影會跟比Misa小的女生在一起，只有Misa跟別人不一樣。」

在有許多小學生的攝影會中，國二的美砂乃好像被拿著相機、比她大上一輪的男人們稱為「大姐」，美砂乃也照著這樣的稱呼表現。泳衣也不再是以前那種學校泳衣或貼身舞衣，而是換成大人穿的比基尼了。美砂乃露出肚腹和前胸，幼小的成員就會覺得害羞，不敢看她。美砂乃面露疲態地說，像這樣跟同樣是國中生的我聊天，輕鬆多了。

而且上個月的八月底，國中三年級的成員有五個人同時退出，國中生只剩下美砂乃和我，還有Rino三個人了。理由是要準備高中入學考，但美砂乃說她們都有玩前略自介，所以遭到米拉庫兒大道嚴重警告，成員心生排斥，主動退出了。第一次聽到這個內幕，我驚訝地睜圓了眼睛，美砂乃說：「大家真的應該認真一點。」

「美砂乃，妳沒有玩REAL[11]嗎？」

「Misa怎麼可能玩？雖然情報還沒公布，但接下來事務所要幫Misa開官網的好嗎？事務所說，到時會一起開官方部落格，所以Misa不玩那些。」

美砂乃壓低聲音向我坦白，就像悄悄展示藏在掌心裡的蒲公英，有些自豪，但並不高傲。這樣啊，我說著，含住冰紅茶的吸管。別說開設官網或部落格了，我連事務所有這樣的企畫都不知道，我自己登錄了一個叫「REAL」的服務，可以比部落格更隨興地發文，類似Twitter的前身。

「Yuki妳有在玩？」

唔——我低吟一陣，難受地說：「前略自介上國中以後，每個人都在玩，所以我也有註冊。可是，嗯，不管是前略自介還是REAL，什麼都沒有寫，就丟在那裡。」美砂乃的表情變得像泥土一樣混濁。

11. REAL（リアルタイム）是過去日本女高中生在非智慧型手機上流行的一種表現形式，用戶會發布自我介紹、即時感言、顏文字、圖片等，供人瀏覽觀看。

「那Yuki剛才是對狹山先生撒謊囉？」

「啊，我的名字，或說寫法不一樣，而且幾乎都沒在碰了。」

「不是這個問題，妳撒了謊對吧？」「可是大家都在玩，有種不能不一起的壓力不是嗎？」「大家是誰？」「不要這樣好嗎？我真的什麼都沒寫，給妳看。」我打開手機，向美砂乃出示幾乎什麼問題都沒有回答的前略自介頁面，是我在退出籃球社之前申請的。只回答了名字「石田雪那」，但生日和性別什麼都沒有填，在發生這次問題前，我甚至忘了它的存在。美砂乃瞥了畫面一眼，那雙大眼又盯住我。

「Misa是問，大家是誰？」

「就、學校的大家啊。妳不要像我媽一樣嘮叨好嗎？」

「那根本就不叫大家吧？」

美砂乃把只咬了一口的年輪蛋糕收進紙袋裡，大聲地吸起抹茶拿鐵，用吸管攪拌塑膠杯裡細碎的冰塊。被美砂乃像母親一樣訓話，我縮得小小的，闔上手機。踩破薄冰般的聲音滲透在狹窄的隧道裡。

「對不起，我現在就刪掉。」

「不是刪不刪的問題吧？是說，怎麼講，結果大家根本就沒認真把這活動當一回事嘛。Yuki也是，不是沒辦法參加攝影會，而是不想參加吧？好了，現在Misa都知道了。啊——所以Misa才得一個人打拚啊。」

美砂乃彎起在隧道裡伸直的腳，抱膝而坐，臉夾在雙膝之間，縮得小小的。領口露出有如棘刺的頸骨，沐浴在斜斜地射入隧道裡的光，寒毛閃閃發亮。我把手伸向那片光，一把握住美砂乃的後頸。美砂乃像貓一樣，全身劇烈地一顫。我滑移抓住後頸的手，撫摩著脊椎凹凸分明的背部，覺得有種正在告白的感受。

「美砂乃，對不起，前略自介我一定會刪掉，而且我跟美砂乃在一起快樂多了。因為很丟臉，所以我都沒說，其實我在學校過得很不好。怎麼說，就像空氣一樣，格格不入，有點像被霸凌的感覺。我覺得至少要跟著大家做這些，不然就真的沒有地方容得下我了，所以我才註冊的。只是這樣而已，沒有其他目的。應該說，那所學校是以防萬一填的志願，從一開始我就根本不可能喜歡。不過我們學校可以直升高中，所以我不會像其他人一樣退出，會一直跟妳一起工作唷。」

說著說著，我的聲音染上了哭音，淚水從眼皮緩慢落至隧道的混凝土上，擴散出黑色的水漬。美砂乃發現後，抬起頭來。儘管強忍哭泣，忍到眼珠子都快溶化了，但她卻連一滴淚水都沒有落下。

「Yuki為什麼要哭？想哭的是Misa才對。說什麼可以直升高中？炫耀嗎？明明進了好學校，卻說什麼格格不入、霸凌，這不廢話嗎？Yuki以為我們每個人都沒被欺負嗎？如果Yuki真的這麼相信，真的很扯喔。這點小事，可以不要擺出一副受傷的樣子嗎？還比Misa先哭，太奸詐了。」

「那，美砂乃妳也不要生氣，不要氣我，我們一起哭嘛。我真的覺得很討厭啊，我根本不想穿什麼泳裝。被大家指指點點真的會很難過，所以我們一起努力試鏡吧。通過一堆試鏡，就不用再做那種制服姊妹的工作了。」

「那要怎樣？Yuki妳要一輩子照顧Misa嗎？要養Misa嗎？不可能嘛。少說得那麼容易。」

美砂乃甩開我的手，把裝著吃到一半的年輪蛋糕的褐色紙袋粗魯地揉成一團扔向我。鬆掉的耳環因為丟擲的力道掉了一邊，落在隧道裡。是她從小學就常戴的、鏤空愛心裡有樹脂蝴蝶舞動的款式。以前看到的時候是透明的樹脂蝴蝶，如今早已徹底氧化，變成了混濁的黃色。

「告訴妳，Misa可沒時間拖拖拉拉等試鏡通過。Misa還不能打工，所以得趁現在參加制服姊妹跟攝影會那些，否則就完了，才不是念什麼書的時候。Misa沒空想學校的事、擔心學校的事。狹山先生不是說過嗎？只要幹這一行，穿泳裝稀鬆平常，每個人都在穿。Misa當然也不喜歡喔？可是忍受這點事，不是理所當然的嗎？連這都討厭，在乎什麼霸凌，表示Yuki妳根本不是認真的嘛。既然不是真心要幹這一行，也沒什麼好說的了，妳回去吧。應該說別幹了，都別幹了。看到Yuki那種隨便的心態，真的很火大。已經不是小孩了好嗎？」

美砂乃喃喃說著，就像在複誦狹山先生經常對我們說教的內容。我一直悶不吭聲，美砂乃低著頭，朝我伸出豎起小指的左手。

「妳要退出，絕對要退出。妳很難受對吧？答應我。」

「這要問我媽……」

「我媽我媽，妳煩不煩啊？這跟妳媽無關吧？是Misa，叫Yuki妳，別幹了。」

「美砂乃妳也是，不要隨便那樣強人所難好嗎？」

「為什麼妳就是不肯叫人家Misa？」

美砂乃放下左手，仰望著我。那張表情失望到家，和母親看著別人家吵鬧的小孩時的表情非常相似。對不起，我知道了，我會退出、我會退出，所以原諒我，對不起，我激動地懇求著，美砂乃也說著笨蛋、退出啦、回去啦，隨手撿起落在地上的殘破話語朝我丟來。我覺得愈是緊緊抓住她，會被推得愈遠，抓起包包搭到肩上，四肢跪地爬過隧道，連滾帶爬地跑出九月上旬仍接近三十度的午後世界。在公園歡鬧的小學男生發現我，起鬨，有人在哭——我站起來，一邊刪除前略自介，一邊走向惠比壽站。走著走著，終於真的抽抽搭搭哭起來，路人嚇了一跳，稍微擔心了一下怎麼會有小孩一個人拿著手機哭哭啼啼，仍逕自經過。很快地，人們將我嵌入背景之中，將我徹底忘懷。

為了避免迷路遲到，我和狹山先生約在大江戶線的月島站。我以為自己已經提前許多搭上電車了，卻在轉乘的時候迷路，差點趕不上約定的時間。狹山先生穿著平時的三件式西裝，憑靠在驗票閘門前的柱子上，他一發現我便問：「咦？今天拍完之後要去學校嗎？」我不知道並非練習課也非試鏡的場合該穿什麼好，所以穿了學校制服。我這麼說，狹山先生有些傻眼地說，算了，也不是不行啦。我提防他會不會提起前略自介的事，但他切換成平時的笑容，雙手輕拍我的肩膀：「今天要好好加油，一進去就要立刻打招呼喔。」

進入攝影棚之前，狹山先生正在填寫申請入館文件，一名年輕男子過來，對狹山先生說了什麼。我一注意到男子，立刻以緊張走調的聲音打招呼：「早安！今天請多指教！」男子溫和地微笑：「好——早安，也請妳多多指教。」寒暄的動作比我還要優雅，但他並不是演員。

換上全新的厚羊毛高領衫，配上長度到膝下的褐色裙子，衣服底下是白色襯衣和膚色罩杯式細肩帶內搭，再下面的白襪子踩在蓬鬆的灰色拖鞋上。不是供多人輪流換穿的全新攝影服裝，質地硬到直接觸碰肌膚會覺得痛。化妝室裡，我剛在椅子坐下，比麻美小姐更嬌小的女髮妝師就像看見寶石還是蛋糕一樣，睜圓了眼睛說：「皮膚好好喔！」妳幾歲？國一。好年輕！難怪皮膚這麼好，會不會根本不需要上粉底啊？攝影課時，麻美小姐從來沒對我說過這種話，我不知道該如何回應興奮的髮妝師。我應著沒有、沒有，她厚實溫暖的手掌在我的臉頰抹上飾底乳，笑道：「也沒有半顆痘痘呢。朋友都說妳皮膚超漂亮的對吧？」倒映在鏡中的我看起來很靦腆。

「沒有，其他人比我更可愛。可愛的女生到處都是。」

我看著鏡中的髮妝師說，真的嗎——？現在的女生水準太高了吧！不過的確，走在路上，也覺得可愛的女生愈來愈多了。我國中的時候，每個人都土得跟什麼似的。髮妝師就像拋棄式化妝棉般，不停地拿往事串場，一眨眼就化好妝，用電捲棒幫我燙頭髮做造型。

在攝影棚裡打造的居家布景中，我在這次的廣告主角——飾演母親的知名女星，和飾演父親及弟弟的演員圍繞下，依照導演的指示，如同練習，一次又一次說著，哇！好好吃！好溫暖！演出一家團聚的時光。強烈的照明打在臉頰上很燙，然而攝影棚的空氣粒子卻緊縮著，稍微一動，身體就好像與那些堅硬的粒子磨擦，很冷。皮膚也變得乾燥，戲服的高領羊毛扎刺著脖子，很難受。休息的時候，我為了不留下抓痕，用指腹搓著脖子，髮妝師小跑步過來，抱歉地仰望我說：「對不起，很癢對吧？」她為我抹上保溼乳液，結果原本在攝影棚裡四處發名片的狹山先生衝過來，再三向髮妝師鞠躬，突然換了副聲調，盯著我的脖子低吼：「啊——啊——啊——啊——都變紅了嘛。妳在搞什麼啊？」髮妝師發窘地匆匆說，啊，沒事沒事，這常有的事、常有的事，笑著用細唇筆在我的嘴唇補上唇膏，用噴上噴霧的細齒梳整理劉海。眼睛也乾到發痛，很想現在立刻點眼藥水，但我覺得要是這麼做，狹山先生會更火大，只能放慢每次眨眼的速度，還要盡量不讓人以為我睡著了。

接下來的靜態攝影，擺上兩個比攝影課時更大上一號的雨傘，看起來就像血口大張的植物妖怪，或小耳朵天線怪物，純白的傘內射出強光。必須在下一次快門聲響起前，擺出不一樣的表情。朝左邊笑，朝正面笑，微露齒笑，閉唇笑，稍微靠近飾演母親的女星笑，離開笑，思考之前就先笑。

攝影結束的時候，擺在道具餐桌上的木碗裡的濃湯結出一層膜，上面浮著粒粒細塵。我讓髮妝師卸妝，脫下戲服換回制服，和狹山先生一起四處向導演、廣告代理商的人、主演女星等人做最後的道別，與飾演弟弟的男生在門口輕輕頷首，離開了。

離開攝影棚外面，走了一段路，來到地下鐵驗票閘門前，狹山先生停下腳步。他東張西望了一陣，靠到牆上。

妳給我聽好，Setsuna。狹山先生擠出低沉的聲音，把公事包放到地上，用腳踝夾住，交抱起手臂。

「想也知道，因為覺得癢就那樣亂抓脖子，會讓皮膚變紅，增加髮妝師的困擾吧？妳都已經是國中生了，連這點事都不會考慮，怎麼行呢？攝影課是幹什麼用的？就是為了像今天這樣的日子，預先熟悉攝影的狀況吧？」

我原本預期狹山先生終於要提起前略自介的事，因此一時無法意會他在說什麼。可能是因為我沒有回話，狹山先生面露冷笑，湊過來看我的臉說，我說的話有那麼難懂嗎？我低著頭搖搖頭，囁嚅，對不起。

「我不是在罵妳，而是該說的還是得說啊。妳們的爸媽把妳們交給我，怎麼說，我覺得自己就像妳們的爸爸。妳知道今天的髮妝師和工作人員為什麼對Setsuna妳這麼好嗎？因為妳對他們不重要，今天過去以後，他們就不會再見到妳了。可是我不是，我希望妳今後也繼續加油，才會像這樣提點妳，妳懂嗎？」

用電捲棒往側邊燙，再用噴霧定型的劉海宛如脫力，落到睫毛上。髮梢因噴霧的樹脂而變得黏膩，被碰到的睫毛發癢。我覺得狹山先生在說話的時候不能去抓，用力眨了幾下眼睛，轉移注意力，結果狹山先生說：「都幾歲的人了，這點小事哭什麼？都已經不是小孩了。」假惺惺地朝路面吐出一口氣。

二〇一七年　三月

學生的母親說有話要跟我說，家教課結束後，我從學生的房間前往他母親等待的客廳。桌上杯中的茶水已經流了一堆汗，沾溼了杯墊。公司要求，不光是禁止直接與家長收授金錢，也不能接受飲食招待，因此我從包包裡取出瓶裝水，喝了一口。

我在學生母親催促下坐下來，母親對著走廊揚聲：「媽跟老師說話，你乖乖復習功課。」母親不等兒子回覆，轉回我這裡，把手機螢幕轉向我：「這是老師吧？」螢幕上顯示穿著學校泳衣的小學五年級的我，我默默點頭。比現在的我更豐腴一些，臉頰、眼睛、所有的一切都很圓潤。是美砂乃問我梯形面積公式那天穿的泳衣，我記得很清楚。學生的母親露出宛如第一次受傷難以啟齒的表情，因此我努力露出微笑看她。

「我不是特別質疑老師妳一個人，以前我兒子請的家教，我也一定都會上網稍微搜尋一下名字，看看學經歷有沒有造假，所以這次也一樣這麼做，沒想到卻看到這個。未成年的……這是小學的時候嗎？既然這麼小，我不認為是老師主動想要這麼做的，我知道一定有什麼理由。」

學生母親和我對望，又立刻低下頭去，就這樣深深一鞠躬：

「對不起，我兒子真的很信任老師，呃，雖然是很信任，但他還是國中生，正值敏感的青春期，萬一不小心發現這種照片，怎麼說，我是不認為老師會做什麼，可是我不希望對我兒子、讀國中的兒子造成任何影響。照片的事，我絕對不會跟公司說。」

我帶著微笑，站起來對著朝我鞠躬的母親的頭，說，請不要這樣，您不需要道歉。

這是第四家了。可能是每個家長都向公司回報是學生方面的因素，所以公司也沒有找我問話，立刻幫我找了新的學生，但這種事接二連三，我身為家教的評價也一定會下滑吧。我重新搭上包包，把椅子推回餐桌，這番衝擊讓勉力攀附在杯上的水滴一下子滑落了。學生母親抬頭，耳朵鼻子都紅了，露出分不清是哭泣還是憤怒的帶刺表情。

「老師今天穿套裝，是先去求職面試嗎？」

我穿上在玄關擺正的包鞋，因腳跟破皮而痛得皺眉，笑著回頭說，才剛開始實習而已。我說這話，或許老師也不想領情。學生母親先這麼說，接著懺悔似的看著我的眼睛說：「希望老師能順利進入好公司。」我用打趣的口吻說：「明年一定會收到一堆公司寄來，祝福下次順利的信。」學生母親更加萎縮地垂下目光說對不起。

我搭乘高層公寓大樓的電梯，一邊下樓一邊嚥口水降耳壓，在單軌電車的天王洲島站附近的站牌搭上公車。在擁擠的公車裡，不經意地點開社群網站，看到《雙刃亞歷克斯》的作者被函送檢方偵辦的新聞。世界頓時遠離，就好像耳朵被柔軟的棉花給塞滿了。接著是胃一路衝上鎖骨的感覺，我在品川站港南口下了公車，在交流廣場入口停下腳步。一停下來，每走一步就割過腳跟的刺痛便熱辣辣地膨脹起來。我在路樹下的石長椅坐下，脫下包鞋。皮革包鞋比去年買的時候柔軟了許多，但捲起褲管，短筒絲襪底下為了保護腳跟而貼的ＯＫ繃早已移位，皮膚被鞋子磨破，形成血塊。

作者昨晚因為違反兒童買春和兒童色情防治法而被函送檢

調，很快地，出版社在官網宣布《雙刃亞歷克斯》續作中止連載。警方從作者的住處扣押到多卷收錄女童色情影片的未成年偶像影帶，他的電腦中也有這類影音檔案。作者供稱，「我覺得國中小學年紀的女孩子最美」。網路新聞的留言欄有人提到，其他被逮捕的人或被函送法辦的人，都只公布了職業，卻只有作者連作品都被公開報導，耐人尋味。也有留言表示憤怒，說作者是被抓來祭旗的，好讓大眾認知到二〇一五年開始生效的修正法。也有人貼出原作者的舊照，冷笑，長得這副德行，不可能有女人要，至少給他投奔蘿莉的自由吧。隱身網路的話語從各處恣意擁護、攻擊、嘲笑照片中的他。

也有整理修正法特色的文章，點進去一看，那篇二〇一五年關於修正法的文章如此描述：

這次追加的部分條文如下：「為穿著全部或部分衣物的兒童姿態，特別露出或強調兒童與性相關的部位（指生殖器或周圍、臀部或胸部），並能引發性慾之物。」

如果不是為了性的目的，而是單純記錄兒女的成長，就不算觸法，因此各位爸爸可以放心了。但所謂的「未成年偶像」的部分，強調生殖器周圍或胸部等「與性相關的部位」的照片，或許需要格外留意。所謂強調，怎樣才叫強調？這要等到法規實際上路才知道。這模糊的定義引發抨擊。

各位大哥哥們，請好好檢查一下自己的電腦硬碟，以防備三個月後的修正法罰則上路！

在這篇兩年前的文章發布時就已經引發爭議的兒少色情模糊定義，就像熟爛飽脹的大痘表皮破裂，血膿噴發一般，各方意見在全世界泗流。這世界也太難生存了。歐美也常有聖職人員對兒童性虐待。明明我們就只是看個照片而已。蘿莉控們可是這麼說的喔。至少關在二次元裡不要出來吧。二次元不會降低跨進三次元的門檻嗎？不要把阿宅跟性犯罪者混為一談。說什麼要消弭對性少數族群的歧視，那為什麼只針對戀童癖這樣大力打壓？說好的多元包容呢？不，小孩子不一樣。哪裡不一樣？我只是想要欣賞小女孩成長的過程而已啊——談不上思想的不負責任感想與感想彼此衝撞，死角又生出別的感想，再擊垮別的感想，感想的老廢物橫流。

我的河道靜得像隆冬的深夜。連呼吸都會讚美你的亞歷克斯bot依循程式，整點吐出Twitter貼文：「下午四點了。差不多累了吧？妳這麼努力，令人敬佩，但千萬別累壞自己了。」平時都會抱上去似的回覆「再多稱讚一些」的粉絲們這時也沉默無聲，二次創作打造出來的臺詞在河道上搖曳，被可愛動物的照片影片沖刷，漂流至某處，就此被遺棄。然後就在所有人即將遺忘之際，又依據指示，讀出安慰某人的話語，將之流放到這個世界。

我抬頭。眼前一對男女穿著壓出縐摺的漆黑求職套裝經過，彼此自虐地說著，一定被刷掉了，誰叫我有社會適應障礙。我也一樣，社障、社障。廣場中央，穿制服戴帽子的小學男生追逐或驚嚇幾隻悠哉挺胸走動的鴿子取樂。每次被追，鴿子就展翅飛到稍遠處，在遠離小學生的地方著地，慢悠悠地東張西望找食物。四下明媚得不真實，但空氣確實朝向日暮逐漸轉冷。我從皮包內袋取出新的ＯＫ繃，脫下雙腳的絲襪，重新貼好血液凝固的傷口，再次套上絲襪，把腳擠進包鞋裡。這雙包鞋是在套裝店用成套優惠價買下的，想說反正求職結束就會丟掉了，結果完全不合腳，像這樣浪費了許多ＯＫ繃。

站起來。腳跟的疼痛似乎緩和了些，試著朝車站走去。幾公尺的話，還可以藉著麻痺痛覺走完，但疼痛的矛頭又逐漸變得尖銳。當痛到再也無法忍受，就停下腳步，等待痛楚過去，再繼續前進，臉頰沐浴著紫外線，走到Atre商場入口。這裡不像廣場一樣有長椅，接下來必須一口氣走到驗票閘門才行。這條連接東西的通道名為「彩虹路」，天花板很高，兩側是玻璃牆，迎入自然光，經玻璃過濾的純粹光線射入通道，比剛才坐的廣場更像天堂。被那光吸入似的往前走，腳跟的痛被驅逐到意識之外，乖乖地跟隨在我的兩步之後。

好美的景象。可是，每天早上都有大批上班族經過這裡前往商業區，因此一般似乎被稱為「社畜迴廊」。好希望我的名字也是這樣。我的名字就和「這個」、「那個」、「彩虹路」一樣，就只是對我的指示詞，僅僅指示我，而非我的意義本身，然而只是頂著自己的名字，就好像不知不覺間被人從後面摀住了一隻眼睛、在迷失與世界遠近感的狀態下被迫行走一樣。如果我是「Yuki」，如果我單純就是美砂乃叫我的「Yuki」，或許就可以更早發現眼前的屏障，避開它通過。我想像著與周遭旁人一樣懷抱著憂鬱，經過這條傾灑著聖潔光芒的路通勤的「Yuki」，追趕她似的往前進。

來到中央驗票閘門前，一踏進熟悉的站內，腳跟的痛楚立刻纏身。走下山手線的乘車月臺時，剛好電車到了。我好幾次在這裡跟美砂乃道別。美砂乃家在京急線沿線，所以我們會一起從月臺爬上樓梯，然後我目送美砂乃的背影穿過與京急線的聯絡閘門，被吸入大人的人潮裡，直到再也看不見。那時候的我們，已經是兒童色情裡的「兒童」了嗎？當時，童星或未成年人的泳裝照確實不稀罕。連會上電視的童星也被要求這麼做，是很正常的事。我告訴自己這很正常，把它視為正常。

因為三中五令被說「妳們已經不是小孩了」，即使拿「兒童」這個詞扣在那時候的我和美砂乃身上，我和美砂乃也想要掙脫它。可是，我們就是那些「兒童」。大家都只討論怎樣的照片和影片會觸法，卻沒有任何人提到這些「兒童」是誰。我們就是那些「兒童」。被稱為「各位大哥哥們」的那些人，是在害怕什麼、想保護怎樣的自己？明明就算把資料刪除，我們還是在這裡。我上了電車，抵達新宿之前，重讀網路上的文章。

這次追加的部分條文如下：「為穿著全部或部分衣物的兒童姿態，特別露出或強調兒童與性相關的部位（指生殖器或周圍、臀部或胸部），並能引發性慾之物。」

如果不是為了性的目的，而是單純記錄兒女的成長，就不算觸法，因此各位爸爸可以放心了。但所謂的「未成年偶像」的部分，強調生殖器周圍或胸部等「與性相關的部位」的照片，或許需要格外留意。所謂強調，怎樣才叫強調？這要等到法規實際上路才知道。這模糊的定義引發抨擊。

各位大哥哥們，請好好檢查一下自己的電腦硬碟，以防備三個月後的修正法罰則上路！

到家的時候，重貼的ＯＫ繃又捲起來移位，血塊凝固在短筒絲襪的纖維上。我就像摳下痂一樣剝下絲襪扔進垃圾桶，換上居家服，躺到床上。

Twitter上，下班放學的人們開始囈語。我看著這些貼文，看到盛鹽也發文說「我還沒辦法接受，要想一下往後要怎麼辦」。我私訊盛鹽「怎麼辦」，立刻冒出已讀符號。

「真的，怎麼辦？真的好教人頭痛。雖然不清楚是不是這件事的影響，但『徹夜未眠』也關掉了，如果是徹底完結的作品也就罷了，不是才剛要連載續集嗎？之前那麼期待，現在卻出了這種事，打擊真的太大了。」

我想把米拉庫兒大道的事告訴盛臨。雖然不知道她能否理解，但也許她能承接我。我開始打字，如果依照現行的定義，其實或許以前的我也算是兒童色情裡的「兒童」。之所以說「或許」，是因為我並沒有被逼迫進行性行為，或是脫光衣服，但有幾次攝影，是在制服底下穿學校泳衣，一邊讓水淋溼，一邊脫掉制服。那時候我覺得學校泳衣沒有露肚子，而且在學校也會穿，所以沒問題，但等到長大以後，才發現這件事本身就帶有性的目的。可是後來我也接過普通的、可以光明正大向別人炫耀的攝影工作。因為記憶中也有一些並不符合兒童色情的定義，所以我才說「或許」。

像這樣打成文字，文章慷慨激昂，腦袋卻急速降溫，就好像在看別人的獨白。我停下打字的手重讀，腦中的成串話語以美砂乃的聲音播放出來。

我正不知該從何說起，盛鹽又接著慢慢地傳訊：「可是，我覺得作品沒有過錯，也沒辦法一下子就討厭它。雖然或許不再是最愛了。」、「我不知道該怎麼說，但總之希望作者好好贖罪吧。如果讀者能原諒，希望續集還是可以連載。之前期待的心情是真的，覺得遺憾也是真的，現在我只能這麼說……」

我把先前輸入的文字全數刪除，迅速回覆：「對啊。我一個人的話，實在很混亂，聽妳這麼一說，覺得舒服多了。謝謝妳。」接著關掉Twitter。連上網站「徹夜未眠」，就像盛鹽說的，頁面顯示「404 not found」。

我躺在床上睜著眼睛，以視線追尋天花板壁紙細微的接縫。接縫一路延伸到房間邊緣，碰到牆壁，視線順著牆壁滑下，那裡並排著兩個當作書架用的四格層架。裡面除了《雙刃亞歷克斯》的舊漫畫以外，還有同人誌、漫畫、小說、學校課本等等，所有的空隙都被填滿，隔板都壓彎了。

打開網拍Mercari APP，搜尋《雙刃亞歷克斯》，可能是因為這次的事件，賣場出現大量剛刊登的全套漫畫。也許是預測到會絕版，有些明明不是初版，卻定了極高的價錢；也有些形同拋售，一本定價約四百圓的漫畫，全二十五集只賣一千五百圓。我蹲在層架前，蜷著背，連同層架拍下塞在裡面的《雙刃亞歷克斯》，隨便訂了五百圓，也沒寫什麼說明就刊登上去，但還是一眨眼就賣掉了，被轉到出貨頁面。我把漫畫塞進UNITED ARROWS厚實的大紙袋裡，用膠帶封口，穿著休閒服，趿著拖鞋，前往二十四小時營業的超商，付了七百五十圓的運費，完成出貨手續。我覺得不惜虧本也要飛快賤賣出去，達成了一項復仇。儘管如此，這樣的感受也在不知不覺間煙消霧散，就像在浴缸水裡最後發出滋一聲溶化的入浴劑。我的復仇總是借來的儀式，不是憤慨不平，想要懲罰作者，也不是原諒他。我也不像盛臨那樣，即使拋開一度深愛、當成心靈支柱的作品，也能確實保有自己。我對自己並未掌握得那麼好。

快步從超商回到住處，打開Twitter，互相追蹤的好友們斷斷續續地抱怨著日常生活，然後似乎落入了夢鄉。夜闌人靜的河道上，連呼吸都會讚美你的亞歷克斯bot自言自語：「凌晨一點了，妳還醒著嗎？要是影響明天——不，今天的砍柴工作就不好了，該睡了。」

如果這個聊天機器人的製作者是「徹夜未眠」的rico，應該會寫「早點休息吧」。我對這則貼文回覆「累死了」，連呼吸都會讚美你的亞歷克斯bot反射性地回應：「有點累了呢。休息會撫平疲勞。我的可可亞，就是妳的休息。」是從亞歷克斯的名臺詞「懲罰會雪清罪孽。我的斧頭，就是你的懲罰」硬掰而成的內容。

「再多稱讚我一點。」

「人天生只會看到缺點。但看得到『生命之線』的我知道，妳已經夠努力了。」

「再多稱讚一點。」

「人天生只會看到缺點。但看得到『生命之線』的我知道，妳已經夠努力了。」

「謝謝。」

「居然會道謝，雪路太棒了。我聽說就連我們族人當中，也很少有人能這樣立刻表達感謝。」

看到自己的網名，我回過神來，刪除自己的回覆。但亞歷克斯的回覆無法刪除，提到我的內容，將永遠留在它的河道上。只能等待它每小時持續吐出有如報時的貼文，將那則貼文一層層埋藏到再也無從挖掘出來的深邃地層裡。

二〇〇八年　九月

劈唰、劈唰，聲響滲透山間。二十五歲的亞歷克斯呼出白色的氣，正在劈柴。二十歲的時候，這個國家爆發革命，這段期間發明了斷頭臺，亞歷克斯只能結束延續了超過三百年的家業，此後便關在山中小屋裡，每三天下山一次，到街上販賣木柴，並採購少量糧食，回到小屋，過著這樣的生活。樹葉落盡，山上即將進入雪季。街上正是需要木柴的時期，因此亞歷克斯一整天都在劈柴。比人類脖子更粗的木柴實在沒辦法一刀兩斷，但亞歷克斯動作還是很快，而且他的木柴很受歡迎，都說乾得透，燒得旺。

亞歷克斯正卯足了勁準備好好賺一筆，這時 ##NAME## 乘著愛馬來訪了。回頭一看，那模樣卻不是亞歷克斯所認識的她。##NAME## 身上的鎧甲沾滿了凝固的黑褐色血跡。亞歷克斯放下插在木柴上的斧頭，把她和馬帶進小屋裡。##NAME## 沒有受什麼嚴重的傷，卻一語不發，瞪著暖爐裡搖曳的火焰。亞歷克斯為她準備了一碗湯，回去劈柴。回小屋休息時，湯碗空了，但 ##NAME## 依舊不開口。亞歷克斯工作到日落，再次回到小屋，她依然是一樣的姿勢，盯著火光。除了進食、外出小解，以及往爐裡添細枝以外，她完全不動。即使亞歷克斯要她上床休息，她也堅持坐在原地。

整整兩天，##NAME## 都是這個樣子，然後她終於娓娓道來。##NAME## 以傭兵的身分被派遣前往的地方也爆發了革命，她身為王族護衛，與市民軍作戰。王族重金雇用各國的傭兵與騎士團，和只是召集平民組成的市民軍在首都鏖戰，最後革命以失敗告終。過去，##NAME## 只要對抗那些與自己一樣——不，比自己更強壯的傭兵或貴族就行了，然而這次卻是和比自己年輕的青年廝殺，甚至攻擊應該是被派去市場跑腿的女孩。攻擊無辜的百姓時，##NAME## 只好回想起自己的出身，讓怒火中燒，看著眼中映出的景色，不斷地喃喃，我要向全世界復仇。我在你這個年紀的時候，除非自己去偷，否則根本沒東西吃。只要這樣想，就能像滾落陡坡的車輪般瘋狂地往前衝，然而背後永遠都只有焦土廢墟和屍體。

那是不一樣的心跳，##NAME## 喃喃道，和我們不一樣的心跳。而我可以輕易——太過輕易地停止那些心跳，讓我好難受。居然如此輕易就能使人受傷。那時候我不當一回事地說什麼「怎麼能這樣就受傷」，對不起。

##NAME##第一次在自己面前表現出脆弱，亞歷克斯伸手搭住她的肩，說。

「石田同學。」

我抬頭，同時折起手機藏起來。回頭一看，松枝同學沐浴著滿臉如蜜的夕照，瞇著眼睛走過來。在體育館和教室裡時都紮成一束低馬尾的淡栗色頭髮，微風吹拂下，在肩膀處閃亮搖曳。我和松枝同學保持距離，回應，什麼事？聲音走調了。我們頭頂，稍低的女聲廣播著，即將進站的電車，是十五點、五分、發車，直達根岸線的、各站停車、前往大船、的班次，請退到黃線內側等候。

松枝同學也是女籃社的，她也傳了數不清的辱罵電郵給我。不光是這樣，和松枝同學她們班一起上游泳課的時候，她還跑過來說：「哇，職業模特兒穿泳裝耶，看到要收錢嗎？」不只是松枝同學，上課時男生也會說一樣的話，跑來鬧我，但只有松枝同學連在走廊或操場擦身而過時都非要說上一兩句，我們沒錢，妳可別脫啊。那些蘿莉控給妳多少錢呀——

松枝同學把穿在換季前藍襯衫上的淡灰色開襟衫袖子捲起來又放下，感到刺眼地垂下目光，用輕撫玻璃杯般通透細微的聲音問：「那個，方便嗎？妳急著要走嗎？」平常松枝同學總是有點用吼的對我撂話，因此聽到她原本的細嫩嗓音，我倒抽了一口氣，又吐出來，回應：「咦？要做什麼？」

「我想跟妳道歉。」

「道歉？」

「就是、對妳說了很多過分的話，傳了很多過分的電郵，所以想跟妳道個歉……啊！」

輕撫玻璃杯的手指漸漸豎起尖爪，她以狠摳般的聲音喊了一聲。鴿子大便掉到松枝同學旁邊。周圍正在等電車的乘客同時往這裡看，隨即收回各自的視線。我們走到連接驗票閘門與月臺的樓梯下，避開掉了一堆鴿子大便的地方，躲到陰暗處。前往大船的電車來了，車內乘客走出月臺，月臺乘客盯著手上的手機，零零星星鑽進車廂。下車的乘客走上出口後，四下看起來只剩下我們倆了。

「怎麼突然想到說這些？」我把手放在身前，右手抓著手機，左手緊握住繫在上面的星砂吊飾。我猜想這也是霸凌的花招之一，在我看不到的地方躲著其他的女籃社女生，正在看我如何反應。

「就只是想道個歉，怎麼說，」松枝同學平靜下來，重新把細髮撩到耳上。「我現在在女籃社被排擠。實際遇到這種事，才發現真的滿痛苦的。」

松枝同學說，她和有點好感的男生持續通電郵，男生要求拍下體照給他。松枝同學想，只要拍照，或許對方就會喜歡她，在男生教唆下，寄出下半身的自拍照。沒想到男生似乎拿去跟朋友炫耀，那朋友又向女籃社的人打小報告。那時候可能是因為我已經退出女籃社一陣子，鋒頭過去了，眾人的矛頭開始轉向松枝同學。松枝同學被威脅說，這件事還只有女籃社跟那個男生的幾個朋友知道，如果跟別人說她被霸凌，就要把照片散播出去。

「我終於發現，一直以來，我真的對石田同學說了非常過分的話。或許太慢了，或許應該要更早發現才對，但我現在知道居然會這麼痛苦，知道原來是這麼殘忍的事，所以想來跟妳道個歉。」

「我跟女籃社的人沒有和好，如果妳指望我幫妳，我可能也沒辦法。」

「我不是想要妳幫我做什麼，真的只是單純想道歉。」

松枝同學再次拂開髮絲，顫聲說著。與其說是松枝同學想向我道歉，看起來更像是她無法忍受自己不是純粹的受害者。我沒有說出原諒她的言詞，讓她再也按捺不住，逼問：「我都說對不起了，妳到底還有哪裡不滿意？」

我想起《雙刃亞歷克斯》裡面，有一段描寫前受害者拒絕，但前加害者仍一直跑來陪罪的場景。前加害者雖然逃過處刑，但此後反省自身，承受不了罪惡感，跑來懇求亞歷克斯殺了他。我在腦中挖掘出亞歷克斯的臺詞，說：「你就徹底被自己的罪孽壓垮吧。如果做不到，那一開始就不要犯罪。」不要來玷汙我的現在、我這把斧頭所及的渺小世界。我說出口的臺詞後面，還接了這麼一段。

「妳在說什麼？」松枝同學就像游泳課時那樣，翻著眼睛瞪我，那視線讓腦中亞歷克斯的身影崩塌瓦解。就算是我——我咬牙擠出聲音說，松枝同學把重心從左腳換到右腳。

「就算是我，如果不是為了工作，才不會拍那種泳裝照。又沒有錢拿，還拍自己的裸體、私處，我才不會做那種事。」接著女籃社那些人，她們的電郵文字比她們的臉孔更先浮現腦海。我把那些內容讀出來。「妳變態啊？有夠噁心。」吐出別人對自己說過的話，沉積的淤泥也一併排出，逐漸清空。把嘴巴的主導權交給汙言穢語，實在爽快。那種感受，也像是浸淫在懷念的事物裡。

廣播告知直通根岸線前往櫻木町的電車要進站了，我拔腿逃向平常坐的第五節車廂位置。回頭一看，松枝同學沒有追上來。我迅速跳進到站的電車，確定沒有其他相同制服的學生，打開手機連上「徹夜未眠」網站，讀起長篇夢小說的後續。與其說是讀，只是視線在文字上滑移。肚子餓了，我吃了一粒酸梅，靠滲出的甜味與鹹味捱過饑餓，就這樣打發了近三十分鐘的時間，在東神奈川下車。把酸梅籽用面紙包起來丟進月臺垃圾桶，跑進在對側月臺張開車門等待的京濱東北線，呼吸還沒理勻，就抵達離家最近的新子安了。

結果松枝同學的裸照就像打翻了蜂窩，擴散到整個學年，不知不覺間變成連鎖信的惡作劇照片，也傳到我這裡來了。是聽說了，還是假裝沒聽說？老師們沒有刻意去提起這件事，但是在學生之間，成了一樁宛如世界地圖改寫般的大八卦。松枝同學再也沒有來上學，女籃社覺得至少我沒露出性器官，停止了對我的中傷。一回想起辱罵松枝同學時的爽快感，就好像被植入的細胞覺醒侵蝕我，也像是一直受到壓抑的自我獲得解放。若是認真思考究竟是哪一邊，感覺整個人就快被撕裂成兩半，所以我努力忘掉松枝同學。然後，一股衝動——一定就是松枝同學想要向我道歉的那種衝動——這才炸裂開來，我就像要吐出造成食物中毒的病菌般，在學校時，用沒有人聽得見的音量，一個人躺在床上時，就仰望著天花板，嘴裡喃喃著「對不起」。如果不這麼做，就好像有什麼要把我腐蝕殆盡。雖然松枝同學再也沒有來學校，我沒辦法要她原諒我了。

男生調侃或是想要確定什麼的目光，漸漸不只是針對我，而是傾注於所有的女體。女生當中有些人藉由暴露在這樣的視線裡，覺得獲得了世界的認可，也有些女生挺身對抗，以「煩」、「噁心」、「去死」等磨得鋒利的話語為武器，揮開那些視線。至於我，我只是一直杵在原地。

##NAME## 第一次在自己面前表現出脆弱，亞歷克斯伸手搭住她的肩，說：

再對我說一次，「怎麼能這樣就受傷？」

##NAME## 嘴唇微微翕張，喃喃，怎麼能這樣就受傷。大聲一點。怎麼能這樣就受傷。說給我聽。怎麼能這樣就受傷！

##NAME## 覺得，兩人就好像一對面對面的鏡子。話語如同被封在鏡中的光，在兩人之間無止境地反射著。##NAME## 深深吸氣，宣告般強而有力地大喊：「怎麼能這樣就受傷！」亞歷克斯嗯嗯點著頭，豁出去似的緊緊擁抱住 ##NAME##。這樣就對了，##NAME##，就是妳這麼告訴我的。##NAME## 也怯怯地環抱住亞歷克斯的背。這是兩人第一次相擁，也是第一次被人擁抱。過去被我們砍下首級的人們——不管是罪人、軍人，還是無辜之人，心臟也都像這樣灼熱地跳動著嗎？這個念頭掠過腦際。##NAME## 再次覺得快崩潰了，在心中默念：

怎麼能這樣就受傷。

忽地回神，兩人立刻推開對方似的分開來，亞歷克斯紅著臉回去劈柴了。##NAME## 也用袖子抹拭溼掉的眼睛，笑道我來幫忙，拎著備用的斧頭走出去。鳥群從樹林飛起的聲音，是秋季離去的聲音。這座只有白色呼吸的寂寥山地，正適合被世界磨耗殆盡的兩人。

這是亞歷克斯第一次，也是最後一次觸摸他人。

星期六的表演課時，我想問美砂乃有沒有向狹山先生打小報告前略自介的事，但美砂乃不看我，也不肯跟我說話。和女籃社的女生不同的是，後來美砂乃沒有對我寄出辱罵的電郵，就只是當作我不存在。反而是我就像女籃社的女生一樣死纏爛打，回程路上，我把手機電郵欄位當成日記，寫下學校發生的事、練習課的事、試鏡的事，每晚睡前傳給美砂乃。當然沒有回音，卻也沒有被設成拒收，就像深邃的水底般，毫無反應。原來我是亡靈啊，我心想。在美砂乃的世界，我老早就已經死了，所以她不會叫我去死，也不會叫我消失。

從對美砂乃而言我已經死掉的秋天開始，濃湯廣告開播了。也許是經常在晚餐時段或假日播出，有些科目的老師會對我說看到廣告了，但女籃社和班上同學對我的態度還是一樣。我沒有被捉弄，也沒有被陷害。在我們那個年級，開始流行起當女生不小心露出裙底風光時，就說「變成松枝了」。我連可以這樣互虧的對象都沒有，因此靜靜地旁觀。漸漸地，「變成松枝了」被省略成「變松了」、「松了」，最後省略過度，終於消滅於無形。

接到夏季參加的無線電視臺校園劇試鏡落選的通知，我再次對下班回來的母親表達我想退出米拉庫兒大道的意願。母親碎念著太可惜了，但沒有像以前那樣激烈反對，把買回來的麵包袋子擱到餐桌上，也沒脫下薄大衣，直接就打電話給狹山先生，提出要解約。

狹山先生在電話裡對母親說，米拉庫兒大道基本上是一年一約，因此在到期那個月沒有續約的話，就會自動解約。從下星期開始，可以不用來舞蹈課和表演課了，也不會再列入攝影課名單，試鏡也從今天開始不再幫她報名。母親耳邊的子機傳出狹山先生的聲音。漸漸地，母親的背影就像淚溼一般，開始籠罩起濃濃的留戀。我擔心母親會跟狹山先生講電話講到哭出來，覺得必須緊緊地盯好，留在原地。母親拿話筒的手似乎沒那麼粗荒了，皮膚又白又嫩，指甲也留得渾圓光滑，就像橡果的殼。

掛斷電話後，母親淌著淚，脫掉大衣，坐到電腦前。啜泣聲如漣漪般陣陣傳來，聲音逐漸劇烈起伏，從客廳充斥家中每一個角落。通話期間上緊的使命感絲線也斷了，我屏著氣，逃也似的關進自己的房間裡。原以為母親會追上來，但她沒有離開原位，呼天搶地直到爽快為止，最後筋疲力盡進去自己的房間，傳來甩門的聲響。

我再次提著呼吸離開房間，潛水般溜進廚房，在洗碗槽前深深吸了一口氣，感覺胃底正被鐵鍬挖掘，發出咕嚕聲響。我打開餐桌上的袋子往裡面看，有法式白吐司、培根捲麵包、牛蒡沙拉三明治和巴黎奶油火腿三明治。牛蒡沙拉三明治一定是母親買給我的，用的是全麥麵粉，而且好像還加了芝麻，因此麵包體是灰色的。

我拿出奶油火腿三明治。法國麵包裡抹上同色的奶油，夾著火腿。我想要咬下邊邊，卻咬不斷，用臉頰的肌肉和牙齒用力鉗住麵包扯下，把撕斷的部分全塞進嘴裡。麵包裡凝固的奶油被口腔的熱度融化，油脂的甜香瀰漫唇齒，火腿的鹹味更加突顯出逐漸化開的那份甜味。臼齒更深處一緊，唾液泉湧而出。我一邊咀嚼，一邊把臉湊近火腿奶油三明治，準備一吞下去立刻再咬一口。漸漸地，手的熱度讓還沒吃到的那部分奶油也開始融化，甜香四溢，就像要籠罩整張臉。吃完一整條，手被奶油沾得黏答答的。我抓起牛蒡沙拉三明治，把指腹上的奶油抹到麵包上，兩口就吞個一乾二淨。也不是沒吃飽，而是嚼不過癮，我翻找冰箱裡面，但只有我之前買的沙拉和冬粉點心。我從母親放在客廳電腦桌下的皮包挖出錢包，抽出一千圓揣進口袋裡，套上制服西裝外套，趿上運動鞋，打開玄關門。

我再三嚥下就像水龍頭壞掉般氾濫的唾液，小跑步前往附近的超商。起伏的住宅區街道逐漸亮起盞盞燈明，煮晚飯的香味也飄到馬路上來。四下瀰漫著像燉鍋或關東煮的濃郁高湯香氣，感覺高湯的香氣滋潤了空氣，教人直想落淚。然而卻也沒有多少相關的回憶，取而代之，口水淌下唇角。

一抵達超商，格外明亮的店內照明幾乎讓我恢復神智。我來到這裡，是想要往嘴裡塞滿更多的食物，卻找不到任何想吃的東西，在店內轉個不停。我鎖定尋找滿滿奶油餡的麵包和甜點，發現很像在惠比壽的公園美砂乃吃的那種迷你年輪蛋糕。我拿了五個放進購物籃，又買了上國中以後一直忍耐著不敢吃的炒麵泡麵和炸雞串。我開了一包迷你年輪蛋糕，邊吃邊走回家，結果食慾更加明確地消退。我把炸雞串收進冰箱，泡麵放在書桌上。沒有任何造型品的赤裸髮絲散發出油脂的氣味，凝固的奶油似乎黏附在我的每一個角落，罩上一層薄膜。我覺得只要有這層膜，往後就再也不會與世界有任何摩擦了。

濃湯廣告也在冬季來臨前結束，那家企業開始播放新的玉米濃湯粉廣告。主角是和我同年的年輕女星，她還出演當期的電視劇。

松枝同學好像報考了我們私校系統以外的高中，二〇一一年我升上高中部時，她就從校園消失了。其實即將升上高中部前的三月，大家的松枝事件話題就被大地震和隨之而來充斥電視的AC JAPAN[12]廣告歌曲給徹底覆蓋過去了。

我的每一天，就像動力損毀般緩慢地推進，不用去練習課或試鏡而空掉的放學後及週末，我不是去橫濱的補習班或是自習室，就是寫少年漫畫或電玩的二次創作小說來填補。那家補習班我去試鏡面試過一次，但我甚至懶得回想已經被刷掉的試鏡回憶。記憶中任何一場面試的場景都是在會議室或辦公室，並排著不認識的大人和眼神相同的攝影機，無從分辨。我不是像亞歷克

12. AC JAPAN（Advertising Council Japan）為透過公益廣告提升國民公共意識的民間團體。這裡說的廣告歌應是二〇一〇年的歌曲〈打招呼的魔法〉（あいさつの魔法），由於播放期間遇到三一一東日本大地震，許多一般企業自主停止廣告播放，使得AC JAPAN公益廣告的曝光率大增，加上歌詞令人印象深刻，蔚為流行。

斯或##NAME##那樣，因為克服了什麼或與誰相擁而不再受傷，我只是開始疲於受傷罷了。

上得心不在焉的補習班英文課出現shoot這個單字，我得知開槍的shoot、投籃的shoot、攝影課的「shoot」[13]都是同一個詞。我沒聽過真的槍聲，但在電視劇或電影中聽到的槍聲，和隨著閃光燈撲上來的快門聲有些相似。shoot這個詞的音比義更先從遠方傳來，一直以來，我從未思索這個詞到底是什麼，直接模仿聽到的音來使用。當它重新被賦與了幾個意義之後，它的音便倏然逼近我，增加重力，緩慢地穿過我的耳膜。

搭上回程電車，我和車廂懸掛廣告裡穿著比基尼排成兩排、約十五名女生當中燦笑的二〇一一年的美砂乃對望了。比基尼女生們是大出版社的青年雜誌寫真偶像甄選的決賽成員，冠軍將透過讀者投票選出。在新子安站下車後，等月臺上下車的乘客都移動得差不多了，我在月臺商家避著店員的目光，買了雜誌，屏著呼吸收進包包裡。

回到家，關上房間門，打開寫真彩頁。一頁兩個人，依姓名五十音順，刊登著身穿比基尼的女生們的上身照與全身照。美砂乃在前面數來第二頁，一直在那裡對著我笑。美砂乃的介紹寫著「苗條美女高中生」，看到這句話，我想到美砂乃不管是外貌還是體型，幾乎都和小學六年級的時候一樣。與其說是苗條，更應該說是童稚。這是成熟女子們參加的寫真偶像特集，看起來卻像混進了一個在公園玩耍的小女生。我從書桌取出剪刀，細心地沿著美砂乃全身照的身體輪廓剪下來。如此一來，她就成了我所認識的美砂乃，而不是一個無地自容的小孩子。

13.「攝影課」在原文中使用的是和製英語「lesson shoot」。

我把收在掌心的小小美砂乃放在心窩的位置，穿著制服躺到床上，閉上眼睛，想像「shoot」。從攝影機鏡頭兇猛射出的足球，受到空氣抵抗而變形，化成尖銳的子彈，接二連三貫穿站在布景前一身COSPLAY制服的小學生美砂乃的身體。為了拯救即使千瘡百孔依然燦爛笑著的美砂乃，我跳入那幾乎把人刺瞎的光中。子彈擊中我數發，在我身上開了洞，但也只是被射中幾發而已。我們站在同一處，然而卻只有美砂乃被射成了蜂窩。我抱緊美砂乃掩護她，然而那些子彈一靠近，我就變成了透明的，只有美砂乃中彈，開出愈來愈多的洞。終於，美砂乃變成了洞本身，消失不見了。

我撐起上身，呼喚剪下來的小小的美砂乃：「Misa。」當然，沒有回應。

二〇一七年　四月

我讀著作者被函送檢調偵辦的懶人包和相關報導，網站廣告的傾向漸漸變成成人男性偏好，身材姣好的女子接連出現在廣告上又消失，接著再次登場。我在大教室上課時，滑動腿上的手機螢幕，結果現在的美砂乃的半身照滑過文章上方。我停止捲動，點下那張「成為傳說的金井美砂乃」廣告照片，跳到販售形象影片的頁面。

美砂乃的外貌從國中就幾乎沒變，甚至不像高中生。連頭髮長度都和當時一樣，不同的只有她的表面和配件，像是身上的衣裝、畫質、妝容濃淡以及廣告文案。商品說明欄寫著「最後的美砂乃，傾注十二年來的感謝……」，我由此得知，美砂乃宣布推出這支形象影片後，將無限期停止活動。

我在所有的社群網站搜尋美砂乃的名字。積極上傳攝影前自拍照的Twitter有三萬名、Instagram有近一萬名追蹤著簇擁著美砂乃，期待她更新。她在所有的社群網站都把奉子成婚的報告置頂，公布對象是摔角選手虎鷹，不光是她自己的粉絲，連丈夫的粉絲都紛紛留下祝福。美砂乃小鳥依人地靠在比自己的臉更大的肩頭上，比出勝利手勢，因為不是穿泳衣而是便服，更讓人想起盛夏的那些時光。我想看的是這種平時的照片，然而此外的貼文，幾乎都是泳裝或類內衣，其中也有一些照片，衣物結構奇特，就像綁起來的眼帶，比起衣物，更接近只是用來遮掩重要部位的布塊。

美砂乃關閉了Twitter的私訊功能，因此我當場用「Yuki」這個名字創了一個Instagram帳號，按下訊息。點選輸入訊息的欄位，立刻顯示輸入文字的畫面。太輕易就可以聯絡上美砂乃，我的手不禁停住了。皮膚底下，對美砂乃的道歉和祝福，就像春季的氣壓分配般輪番現身，攪動浮現的文字又離去。我吃力地輸入「我是石田雪那」、「妳好嗎？」、「我一直支持著美砂乃」，一句又一句，就像氣球般飄起，傳送給她。我開著訊息畫面等待回訊，直到下課鈴響，但一直等到下課，都沒有變成已讀。

我走向校園最深處的社辦大樓。走進社辦裡，尾澤正站在房間窗邊。還稱不上夕陽的年輕白光從百葉窗縫間湧入，近乎刺眼。尾澤回頭看了我一眼，有些驚訝地「噢——」了一聲，再次轉身背對我，調整百葉的角度。百葉方向一轉，社辦頓時陷入陰暗，我按下門口旁邊的電燈開關。螢光燈就像跑進異物的眼睛眨動，閃爍了幾下，很快地平靜下來，綻放出均勻的光線。社辦裡的折疊椅堆滿了稿件、漫畫雜誌和同人誌等等，無處可坐，所以我把背包放到角落，抽出兩本基督教歷史的課本，蹲下來放進金屬層架最下層的舊課本及舊書區。

「那個，石田，我看到妳以前當未成年偶像時的照片了。」

彷彿全身的血液都集中到低俯的臉頰，滾燙火熱，手腳急速失溫。我無法起身，應聲：「咦？嗯。」尾澤的視線落到我的腳邊來。我盯著層架的汙垢，免得與她對望，尾澤接著說，為什麼妳不寫那些，老是在寫二創小說？

「《雙刃亞歷克斯》的作者被逮捕之後，我才知道有這樣的世界。反過來說，如果沒有發生那件事，我可能永遠都不知道。不過即使是現在，那種——我就不客氣地直說了，那種兒童色情的世界依然沒有消失，有許多受害者，對吧？」

「那或許是兒童色情，但我也做過一般的攝影工作，所以算是灰色地帶吧？我想一定有更多女生做過比我更難堪的工作。」

「但妳也不能大力否定，對吧？光是灰色地帶，妳就是受害者了。明明是受害者，為什麼要沉默？如果默認這種事，那妳也是黑暗結構的一部分。妳應該要清楚地表達出憤怒才對。我知道妳喜歡亞歷克斯受，可是只寫些二次元崇高的東西，又能怎麼樣？就算別開目光不去看，那些東西依然存在啊。要是我，就一定會寫出來。那就像是現實的黑暗面，而且感覺可以拿獎。」一尾澤把說著說著黏到嘴唇的髮絲撥到耳後，把離她最近的折疊椅上的文件挪開坐下來。

又是黑暗面。我不喜歡這個詞，它就像是遇到陌生的領域或人時、面對不勝負荷的現實時的咒語，就好像遭遇未知時激動興奮的吆喝。或是憤慨、或是面露憐憫，就像是要找出貼有折扣貼紙的高價熟食般，物色著諸如所謂深不見底的黑暗、驚人的黑暗、貧窮的黑暗、業界的黑暗、兒童色情的黑暗、無以名狀的黑暗。

尾澤說的話無庸置疑是對的，就像射入品川站的彩虹路那聖潔的光。相對地，我那被稱為黑暗的世界，總是沉陷在隨時都要融化的激烈強光深底。學校進入長假，試鏡的行程就會增加。沒有試鏡機會的孩子，就在攝影工作室的庭院玩水，被拍照。強烈到若不穩穩站好，連自己的存在都要被炸光的潔白強光直擊著我。反光板把落空的光無一遺落撿拾起來，從下方如長槍以尖銳的光波朝我刺來。愈是閉眼，愈沒有結束的一刻。張開眼睛——不讓光消滅地睜大眼睛站著，光侵入到眼窩深底的每一處，吸取眼球的水分膨脹，接著萎縮，留下疙瘩。不管是陽光還是閃光燈，所有的光都好痛，我的眼睛永遠是乾的，就是如此刺眼的黑暗。可是，以鋪天蓋地的光注視著我、永遠不會眨眼的鏡頭另一側，也永遠都是空無一物的純然黑暗。

膝蓋和腳漸漸瘦了，我想要站起來，聲音從天而降：「不要不吭聲啊。」我向膝蓋使勁，起身時一陣眩暈，視野充斥一片白霧和閃光般的花紋，溢出意識。我想生氣，然而卻已經不知道該氣什麼、該說什麼，怒意一天天散落在充塞腦袋的各種情景，滲透其中，再也無法分離。比起憤怒，我更需要的一定是救贖。我想要現在的我以外的我這個安全地帶。除非脫離那個讓人懷念、又痛又甜蜜的情景，否則我無法以全身的力氣，對所有的一切憤怒。

我用力踩穩雙腳站起來，就像要穿破籠罩視野的迷霧。靠在層架上等待眩暈過去，視野漸漸變得開展，眼前雜亂地並排著漫畫墨水。我開口：

「妳怎麼會知道我以前做過什麼？只是《雙刃》的作者被抓，就能查到我身上？」

我早就知道了，尾澤咄咄逼人。「之前專題課上有人想要妳的Facebook那些社群帳號，上網搜尋妳的名字，一年級四月剛入學的時候，整個專題課的人都知道了。不過一開始只知道妳演過濃湯的電視廣告，我覺得好厲害，又繼續查，結果就找到了那種照片。起初我也莫名其妙，只覺得看到了不該看的東西，但這次的事件，讓我明確地知道那就是兒童色情。ＢＬ研究社跟專題課其他人知不知道，我就不曉得了。」

「大家都顧慮到我的感受，沒有說出來，妳卻這麼做。」

「那不是顧慮到妳的感受，只是假裝沒這回事。大家只是不想去碰，想要遠離與自己截然不同的事物而已。噯，大家也都不是小孩子了，是不會霸凌或是排擠啦，而且妳是受害者啊。」

「我算是很幸運的。我考上國中，雖然只有一次，但也拍過電視廣告。」

「妳爸媽這樣跟妳說？」

「不只是爸媽……」我說，鼻根處燙了起來，流出清澈的鼻水。「欸，那真的很糟糕耶。雖然批評別人的父母很不好，但我要說，妳那是被洗腦了。妳父母真的很差勁。」尾澤交抱起手臂說。

「我知道。」

「既然知道，為什麼保持沉默？石田，妳應該要好好面對自己的悲傷啊。我不知道妳記不記得，一年級的時候看了希奧塞古的紀錄片，我們才知道原來世上有那樣一群人，不是嗎？妳也是，如果妳不說出來，大家就只會表面關心客氣，背地裡說妳牽涉兒童色情，然後又有一堆人根本不知道這種狀況。我覺得這樣的環境，會讓妳活得很辛苦。」

尾澤的眼睛又大又圓又深邃，和攝影鏡頭非常相似，但深處滾滾噴發出生氣。她把瞳孔縮小到不能再小，絕對不放過我那些無法替換的歲月。

「如果妳那麼排斥，可以讓我寫嗎？這是絕對必須有人來現身說法的事。」

我沒有回話，結果尾澤沉不住氣，滿臉不耐地這麼說。我抓起層架上已經拆開過的漫畫墨水旋開蓋子，把裡面的液體朝那張臉潑過去。就像放煙火一樣，晚了一拍，聲音才爆發出來。哇，妳搞屁啊！叫聲甚至傳出社辦大樓走廊。肩膀被用力一推，我撞到放原稿和書的折疊椅，發出巨響跌倒了。

我不想要別人憐憫我和美砂乃曾經共處的世界片段，絕對不。那是稍一不慎，一眨眼就會四分五裂的小小世界。我不想要任何人來窺覷。然後不管是用怎樣的美辭麗句，都不想要被述說。就和憤怒一樣，有資格述說的，就只有能放掉那個世界片段的人。不管是家裡還是學校，都不是可以安心的地方，即便那是黑暗的、扭曲的結構，唯有和美砂乃在一起的時候，我能夠做我自己。所以若是放掉它，我就一無所有了，感覺就連散發出那無可取代的燦爛光芒的美砂乃，我也會輕易遺忘。我覺得如果我忘掉了那時候的美砂乃，就再也沒有人知道小時候的美砂乃，即使想要向誰傾吐，愈是述說，小小的美砂乃的輪廓就愈是融化流失，變成一個沒有臉的、普通的、可憐的孩子。雖然美砂乃確實可憐、確實是需要救助的普通孩子，但美砂乃就是美砂乃，多虧有這樣的美砂乃，我才能身為Yuki。

其他社團的男生聽見碰撞聲，打開社辦的門查看，一身墨汁的尾澤瞪向他。哇噢～……好慘……傻住的聲音落在我的臉上。

來到惠比壽站東口五岔路的嚇一跳壽司正面，往左彎走上一段路，在舊大樓的招牌裡，找到和網路上看到同名的司法書士事務所。搭上與大樓外表格格不入、新蓋好氣味尚未散去的電梯來到事務所，櫃臺就坐著司法書士本人。和網站上長髮的照片不同，女司法書士留了一頭在下巴處剪齊的短髮，整體氣質圓融。她看到我，想起來似的站起來，我還沒問，便解釋說員工今天發燒，把我領到用屏風區隔的會客區。壽比壽、狹小的大樓房間、辦公屏風、低矮的小沙發和玻璃矮桌，這些在在讓我想起米拉庫兒大道的事務所和攝影工作室。明明每一家小型事務所都是類似的格局，又不是米拉庫兒大道的發明。

女司法書士殷勤地將倒了綠茶的紙杯放到桌上，變魔術似的遞出名片：「敝姓坂尻。」看上去比我母親年輕一些、約四十五到五十歲的坂尻女士從桌上的立架拿起平板電腦，用形狀如卡

##NAME##

拉ＯＫ細長麥克風的觸控筆操作著。她轉向我，沒有任何開場白就說：「石田小姐今天是想要詢問改名事宜對吧？」畫面上顯示出預先整理好的改名手續流程圖。①向家庭法院申請 ②審理．審判 ③通知結果 ④到市區町村公所進行「變更姓名登記」．變更戶籍。我會陪同一起處理的，主要到這裡。坂尻女士用觸控筆在①畫了好幾圈。還有一部分的②。她說，捲動幾頁資料，停在關於審理的頁面上。製作書面，遞交家庭法院，接下來的審理．審判中，法院會以書面寄來要進一步確認的內容，申請人以書面回覆，或視情況，也會需要到家庭法院出庭，回答問題——坂尻女士指著突然冒出來的諸多分歧，抬頭微笑：「這部分就要看每個人的狀況，有各種情況，但我們會在法院外面支援。」

我已經預先透過線上表單傳送諮詢內容，因此坂尻女士一邊念，一邊向我提出問題。有沒有已經在使用的通稱名[14]，以及可資證明的東西？被這麼一問，我彷彿全身血液冰冷凝固般緊繃了一下，接著心臟強而有力地鼓動起來，就像要打破僵固的全身。

「啊，可能有。如果以前的傳統手機的電郵紀錄還在的話，應該還留著用通名——用和本名不一樣的名字跟人聯絡的信件。雖然只跟一個人交換過電郵，可以嗎？」

「只有一個人嗎？」坂尻女士交抱起幾乎要撐破西裝外套的粗壯手臂，眉頭皺起。

「沒辦法嗎？」

「不不，並非不可能，不過只有一個人的話，要申請通稱名可能滿難的。但我想石田小姐這樣的案例，不必太擔心。最近這種案例不少喔，以前有陣子不是很流行閃亮亮名字[15]嗎？說流行也很怪啦。因為名字怪異而遭受精神痛苦這樣的理由而通過改名

##NAME##

的判例也不少。石田小姐的情況，從您傳給我的內容中提到的，因為過去的演藝活動而遭到霸凌、影響家教打工，由於過去的活動內容視情況也會被視為性虐待，所以也可以主張蒙受精神痛苦。若是有到身心科就診的紀錄，就更容易證明了。即使沒有，嗯，也沒關係，最近受理的案例愈來愈多了。」

坂尻女士滔滔不絕地說著，我打斷說：「不好意思，現在才說這個好像有點晚，可是假設要蒐集各種資料，實際改名要到明年的話──啊，我明年就大四，要開始求職了，在途中換名字，會不會有什麼影響？」說著說著，我連自己想問什麼都搞不清楚

14. 在日本，除了戶籍上的本名之外，有些人會使用「通稱名」（或通名）做為一般日常或工作使用。日本人可以將通稱名改為本名，外國人可以向公所登記通稱名，使其擁有和本名相同的法律效力。

15. 閃亮亮名字（キラキラネーム），指漢字或讀音刻意選用特殊字詞或發音的名字。

了，最後縮了起來，道歉說對不起，我也不曉得在問什麼。坂尻女士靠到沙發背上，「不，我明白妳要表達的意思。」張口大笑，都能看見裡面的臼齒了。

「向家庭法院遞交文件後，最久兩、三個星期就能收到結果通知。在那之前的準備期間，要看石田小姐多快能準備好資料，但加上準備那些，前前後後加起來，大部分的人大概兩個月就能成功改名了。當然，如果被駁回，一般來說，又得照這個程序再申請一次——而且，就算明年才辦手續，取得公司內定之後，再把改名的事通知公司就行了。因為又不是有前科還是參與反社會活動，我不認為公司以改名為由取消內定有什麼好處。若是內定因此被取消，那又是另一個問題，跟公司對抗就行了。」

在陌生的詞彙沖刷下，我忽然放鬆下來，傻眼地問：「對抗？」坂尻女士依然掛著柔軟的微笑，但眼睛直視著我，說：

「沒錯，對抗，告上法院。雖然現實來說，要看有沒有那份氣魄和律師費啦。不過妳還是有對抗的權利的。」

最後說到費用。坂尻女士說著，亮出簡報的最後一頁。「首先我們會收取三萬圓的訂金。最後順利在公所登記改名後，再收取五萬圓的成功報酬。改名手續的案子，價格總計是八萬圓不含稅，調戶籍謄本等需要的印花稅等各種費用也包含在裡面。改名之後的手續滿龐雜的，畢竟改了名字，戶籍不用說，駕照、健保卡等等，有很多事情要處理。這些我們沒辦法代為處理，但如果有不清楚的地方，可以免費諮詢，做為售後服務。」

「八萬圓嗎？」

坂尻女士把觸控筆插回專用筆插，平板插回立架時發出了碰撞聲，她抱歉地說：「石田小姐現在還是學生吧？我們算是收費較低廉的，但是對學生來說，還是相當大的一筆數字。當然，今天的第一次諮詢是免費的，您可以跟其他事務所比較看看再考慮，請不用客氣。」

不是這樣。我俯首微微搖了搖，然後注視著反射在玻璃矮桌上的自己的臉，行了個禮：

「就麻煩律師了。」

二〇一七年　八月

打開 Twitter，流行趨勢欄顯示《雙刃亞歷克斯》幾個字。點開一看，出現後續報導，說明原作者遭到函送檢調偵辦後過了五個月，經簡式審判，支付了二十萬圓的罰款。二十萬圓。比我從事接近兒童色情的工作和廣告酬勞那幾年賺到的總額三十多萬圓還要少。

我只看了新聞摘要，避免去看留言和貼文，迅速回到河道。

相互追蹤的好友大部分都繼續支持《雙刃亞歷克斯》，提到話題新作的劇情和角色的貼文卻增加緩慢。我的頭像和用戶名維持原狀，登入就只是為了隨意瀏覽河道，或發生小地震時看一下震度多少。

訊息欄出現新訊息標誌。打開來一看，頭像換成不認識的男性角色的盛鹽傳來媲美電子郵件的長文訊息。是來向我發紅帖的。她的丈夫也是不同領域的御宅族，計畫邀請各自的好友，明年春天在東京舉辦御宅族婚禮，說如果我有意願參加，會寄喜帖到我家，請我告訴她收件資訊。預定除了禮服和西裝以外，也可以COSPLAY，所以穿牛仔褲或制服也行。

「謝謝妳邀請我。還有，恭喜結婚。」

訊息傳出去了，但沒有已讀。我把手機丟到床上，切了丟在蔬果室好幾天、都乾縮了一圈的高麗菜，用沙拉油炒過後淋醬，配上加熱的冷凍白飯一起吃了。青少女時期，我一天二十四小時都在想下一餐，吃完後一回神，就陷入自我嫌惡，連喝水都覺得害怕，然後又報復性地塞了滿嘴食物，回過神來再自我嫌惡。如此無限輪迴的當時，已經變得就像遙遠過去的惡夢了。覺得餓了，就翻翻看家裡有什麼，有什麼就煮什麼，煮了就吃，吃了就沒了。我把餐具放進洗碗槽泡水，再次拿起手機，通知顯示盛臨回信了。

「謝謝！我把收件資料記下來了，妳隨時可以把訊息收回。桌位名牌會用大家的網路暱稱，但因為婚宴會館的規定那些，還是要請教一下本名跟住址。等人數確定之後，我再寄喜帖過去，請稍等喔！啊，妳願意參加，真是太開心了！」

「前面的訊息收回了。我也好開心！對了，婚禮不是在關西，而是在東京辦喔？」

「對啊，因為我先生調動，明年我也要搬到東京了！我跟東京完全不熟，請多多指點我～啊，妳看到新聞了嗎？可能是因為審判結束了，《雙刃》的續集也順利宣布重新開始連載了呢。雖然發生了很多事，但我們能做的也只有相信老師，等待連載重新開始呢。有好多令人期待的事啊！」

在我頭上緩緩飄浮的泡泡破裂，在裡面塞滿到極限的事物發出直立式鋼琴被推倒般的轟然巨響後傾瀉而下。我對自己的幸福和不幸還不到麻木的地步，所以不會因為聽到這種話就感到淒慘。就像國中的時候美砂乃說的，不是只有我一個人扛著全世界的不幸，真要比較的話，美砂乃被迫吞下的辛酸還比我多上不知道多少倍，是吞到快吐了蹲下來，又被黑暗的事物接二連三地壓上去吧。我和美砂乃的救贖、想要抓住的手都不同，如今我倆也不可能再有任何交集。即使如此，我還是會想起不肯離開公園遊樂器材的隧道，把我一個人趕出去的美砂乃那單薄的身體，還有在公園外面嬉戲的孩子們。我必須回想起來。

「我已經不期待了。雖然不會刻意變成黑粉，但是那件事，有小孩子受害。即使盛鹽可以就這樣放下了，所有的人都可以慢慢原諒了，我也一定永遠都不會忘記。」我傳出訊息，接著刪掉了帳號。奇妙的是，即使對方知道我的住址，我也絲毫不感到不安。好一陣子間，我舒坦地反芻著這句話。我一定永遠都不會忘記。一定永遠都不會忘記。永遠不會忘記。

坐在雷諾瓦咖啡廳窗邊的坂尻女士舉起有如塞滿了絞肉的香腸般的手，向我揮手。幾乎要徹底將八月燒熔的強烈日照緊緊地攀在面對五岔路的多角形窗上。在我坐下之前，店家所有的乳白色窗簾全部放下來了。無數次漫不經心地經過的情景中，有些人像我們一樣來談工作，也有人對著筆電打字或發呆。店員過來，遞出冰開水和溼毛巾。我沒有打開菜單，直接點了冰紅茶。

占據整個七月的上學期考試結束後，我們著手整理申請書遞交，約一個星期後，收到了家庭法院寄來的書面照會文件。坂尻女士把它放在咖啡廳偏小的桌位上，用手指著，一一念出來。

「第一個問題，你是否申請變更申請人的姓名？」答案選項有「是」及「否」，選擇「是」，就進入下一個問題「申請是基於你的本意嗎？」，答案有「是」及「否」。坂尻女士熟門熟路地催促我勾選「是」、「是」。

我停住SARASA的原子筆問：「什麼叫本意？」

「是要確定這是不是本人想要申請的。這些問題是為了避免本人並非出於自己的意願辦理改名。」

「會有這種事嗎？」

「唔——」對於我追究小細節，坂尻女士也沒有嫌煩的樣子，閉上眼睛，「我是沒有遇過，但既然會列出這種問題，表示是預期可能會有這種情形吧。不能說沒遇過所以不存在。」她慢慢地串起話語說。

「從現在開始，石田小姐幾乎就是照著我的指示填寫這份文件。這項工作雖然是我在指揮，但只要石田小姐同意，而且希望改名而這麼做，就可以算是基於您的本意。但如果石田小姐是受到某人命令，或是被誘導要改名而委託我，現在在這裡照著我說的回答，就不能說是基於您的本意。」

店員前來，靈巧地將杯墊塞進桌面空位，放上冰紅茶。輕薄的杯子裡，冰塊晃動，敲出銀鈴般清涼的聲響。打開小糖漿罐蓋子，倒入杯中。糖漿擁抱冰塊緩緩沉澱，我用細吸管攪拌之後吸啜。先是感覺到糖漿的甜，接著冰涼迅速通過喉嚨，朝著食道滑溜下去。

「沒問題，這是我的本意。」

太好了。坂尻女士說著，又恢復預設的笑容，接著讀出有無通稱名的問題。勾選「沒有」。從老家帶來的舊型手機，鋰電池膨脹，無法開機了。一直留著也很危險，我拔掉鋰電池，丟進家電量販店的回收箱裡。失去電池的舊型手機又輕又小，就像玩具。要在如此小巧、小到可以完全收進掌心的小螢幕裡，專心致志地輸入綿綿不斷的訊息和閱讀夢小說，需要不光是崇高或憤慨的其他情感，不然就是要用混合這些情感而成的燃料當作能量。

繼續回答下去，遇到這樣的提問：「如果這次改名為『ゆき』（Yuki），往後若要改回『雪那』，將極為困難，往後你預定會繼續使用『雪那』這個名字嗎？」不待坂尻女士解釋，我直接勾選「否」，坂尻女士沒有特別說什麼。回答完全部的問題，貼好信封。「嗯，接下來只需要寄出去，等待回覆就行了。」坂尻女士說，含住吸管。冰咖啡的冰塊幾乎融光，在表面形成了一層水。

走出咖啡廳，絲毫沒有減弱的陽光充斥街道。被太陽曬到，我才連忙從包包裡取出防曬補上。坂尻女士呻吟著好熱好熱，撐起表面是淡米色、內側遮光布黑如深夜的陽傘。那傘好像很厲害。我說，坂尻女士輕盈地笑道：「這真的很棒喔。連地面反射的陽光都會吸收，在外頭走起來舒服多了。」

打開信箱，薄薄的淡褐色信封袋和明信片尺寸的沉重白色信封掉到腳邊，撿起來一看，是正面印刷著「東京家庭法院」的信封，和寄件人寫著「森栞」的喜帖。我扯也似的拆開法院的淡褐色信封，裡面只有一張薄薄的紙，通知書面照會已經完成，改名通過。

我打電話給坂尻女士。電話立刻轉到語音信箱，我依照指示，留下報告。把通知書夾到包包裡的透明檔案夾，將盛鹽的紅帖再次丟回信箱，打開內側黑色的陽傘，走出公寓。時序已近九月中旬，入夜後也傳出了蟲鳴，然而白天的天空就像忘了季節，太陽光的觸角張牙舞爪。

在等待前往大學的電車進站時，我打開美砂乃的Instagram。自從報告奉子成婚的喜訊後，好陣子都是上傳以前拍的舊照，但最新的貼文附上她穿著咖啡色連身裙的大肚照，說「我女兒最近老是在肚子裡踢我，好像已經進入叛逆期了（捧腹大笑的表情符號）」。露出短袖的手還是一樣纖細，但現在的美砂乃散發出來的氣息，比小學那時候還要柔軟。隔著畫面，我看不出那是經過濾鏡加工，或者實際上她真的總是籠罩著那種春雲般的氣息在外頭走動。

剛把手機收進口袋，它就觸電般痙攣起來。螢幕顯示「媽」。把文件寄到家庭法院後，我就再也沒有天天傳訊息給母親報告到家了。一開始的三天，母親不分晝夜傳訊息說她報警了，或是聯絡大學了，但警察沒有來敲門，我打電話問大學行政人員，另一頭的男聲冷笑地回說，什麼？沒接到這樣的聯絡啊？

「雪那，妳過得好嗎？媽很擔心妳。」

母親的訊息，文字一天比一天更低聲下氣、溫柔。明明以前我那樣害怕母親，現在卻覺得她可憐到不行。每次點開通知，都忍不住想要好好回覆，但要是回覆，我一定又會牽腸掛肚地等待母親的回覆。雪那這個名字，讓我扼住了想要輸入文字的手指。寫下那些訊息文字的人，不知道我真正的名字。

在電車到站廣播的掩護下，我吐氣般呢喃，Yuki。接著輕輕地放進一點聲音，Yuki。輕柔的音震動鼓膜與喉嚨，我懷抱著隨時都可能會破裂的灼熱，再也動彈不得。

也許美砂乃也想要這樣被人呼喚。Misa。做為贖罪，我悄聲對著喧囂的世界如此呼喚。輸出設定錯誤的陽光甚至侵入月臺，遍照各處，不留一絲供人遁逃的陰影。Yuki。除此之外，沒有其他指涉我的事物，往後我將被世界以這個音呼喚，同時我也老早就被如此呼喚。我醒悟到，我並非拋棄一切重生，也並非蛻變，我早已是我。就和通過試鏡時，或退出事務所時一樣。就如同被雙眼撕裂的世界逐漸合而為一，但不管是撕裂還是融合，世界無垠無涯，就只是褪掉老舊的表皮而已。然而有沒有那層皮，看上去卻是截然不同的。我仰望站內螢幕上的終點站站名，轟隆聲破風竄過。Yuki。Misa。並未傾注任何意義，聽起來卻猶如真切的祈禱。Yuki。Misa。如果還有機會重新邂逅，希望能好好地這樣稱呼彼此。因為妳為我命名的我的名字，是為我而唱的最精簡的歌，是劃過我倆之間的閃光，是只屬於我倆的語言。

初刊載於《文藝》二〇二三年夏季號

國家圖書館出版品預行編目資料

未命名 ##NAME## / 兒玉雨子 著；王華懋 譯. --
初版. -- 臺北市：皇冠文化出版有限公司, 2024. 12
192 面；21×14.8 公分. --（皇冠叢書；第5198種）
（大賞；173）
譯自：##NAME##

ISBN 978-957-33-4233-5（平裝）

861.57　　113017463

皇冠叢書第5198種
大賞｜173

未命名 ##NAME##

##NAME##

作　　者—兒玉雨子
譯　　者—王華懋
發 行 人—平　雲
出版發行—皇冠文化出版有限公司
臺北市敦化北路120巷50號
電話◎02-27168888
郵撥帳號◎15261516號
皇冠出版社(香港)有限公司
香港銅鑼灣道180號百樂商業中心
19字樓1903室
電話◎2529-1778　傳真◎2527-0904
總 編 輯—許婷婷
責任編輯—蔡承歡
美術設計—嚴昱琳
行銷企劃—蕭采芹
著作完成日期—2023年
初版一刷日期—2024年12月

法律顧問—王惠光律師

讀者服務傳真專線◎02-27150507
電腦編號◎506173
ISBN◎978-957-33-4233-5
Printed in Taiwan
本書定價◎新臺幣300元/港幣100元